果然我的青春戀愛喜劇搞錯了。⑩⑤

My youth romantic comedy is wrong as I expected.

渡 航【Wataru WATARI】

繪者／ponkan⑧

日本小學館正式授權繁體中文版

果然我的青春戀愛喜劇搞錯了

My youth romantic comedy is wrong as I expected.

登場人物【character】

ten and a half

比企谷八幡……… 本書主角。高中二年級，個性相當彆扭。

雪之下雪乃……… 侍奉社社長，完美主義者。

由比濱結衣……… 八幡的同班同學，總是看人臉色過日子。

戶塚彩加…………… 隸屬網球社，非常可愛的男孩子。

葉山隼人…………… 八幡的同班同學，非常受歡迎，隸屬足球社。

戶部翔………………… 八幡的同班同學，負責讓葉山團體不會無聊。

一色伊呂波……… 足球社的經理，高中一年級。當選為學生會長。

平塚靜………………… 國文老師，亦身為導師。

比企谷小町……… 八幡的妹妹，國中三年級。

1

有朝一日，材木座義輝大概會找到自己也能勝任的簡單工作

只要是地球人都知道，冬天的千葉是不大下雪的，但這不代表冬天的千葉就不寒冷。若跟某些下雪下得半吊子的地方相比，千葉搞不好還冷上許多。

話雖如此，我也不曾於一月至二月間跑去千葉以外的地方生活過，所以不清楚實際情況到底為何。

雖然能藉由溫度計上顯示的數字推論，但就算天氣預報的氣溫數據掉到了冰點以下，若沒有親身體會，還是無法真正理解到底有多冷。

反過來說，在千葉的溫度計上看到的數字，也不一定能代表實際感受到的寒冷程度。

有個專門用語叫作「體感溫度」。

身處那片寒冷之中，並且去感受、學習它，實感才會油然而生。

若是如此，那麼社辦內的溫度計顯示的數字，和我的體感溫度，可以說有著一段差距。

最主要的原因，我想大概是某位坐在我面前的男同學吧。

雖值深冬時節，這傢伙卻滿身是汗，一邊抽動著嘴角，一邊以半指手套的手背抹著額頭。

「……嗬。」

材木座義輝發出一聲沉悶的聲音，接著「咚」地垂下了頭。他那副把整顆頭埋進大衣的樣子，看起來有點像是一座設計前衛的紀念碑。感覺頗適合擺在武藏小杉一帶，那些誤解了高級路線之意的公寓大樓入口處。

發出一陣噪音後，材木座又不作聲了，侍奉社社辦再度陷入一片沉默。

雖然社辦內還有其他人在，但每個人都擺出一副事不關己的樣子，不是單手持著紅茶杯專心閱讀文庫本，就是一邊大啖點心一邊把玩手機，再不然則是緊盯著隨身鏡整理自己的瀏海。

「……唔——嗯。」

材木座又開始喃喃自語，並抬頭仰望天花板，聲音比起前一次更添幾分悲壯感。然而，社辦內沒有人回他的話。

雖然沒有任何人願意搭理他，材木座仍持續重複相同的行為，不停地一直吵一直吵一直吵。

我開始感到不耐煩，桌子對角線上的另一端，也傳來一聲輕微的嘆息。

我偷瞄了一眼，只見侍奉社社長——雪之下雪乃將茶杯置於杯托上，伸手按住她的太陽穴。

她偷看了材木座一眼，然後順勢把眼神移向我。

「……還是問一下對方有什麼事吧？」

「咦……可是，就算我們開口問了，中二也只會跟自閉男一個人說話啊。」

由比濱結衣一副無精打采的樣子，喀吱喀吱地咬著煎餅回答。她維持整個人趴在桌上的姿勢動也不動，只把頭轉過來。

唉，以雪之下跟由比濱來說，雖然費了好一段時間，光是她們願意搭理突然闖進社辦的材木座，便已經算是友善。

問題在於打死不肯看向材木座，只顧著對鏡子大眼瞪小眼的一色伊呂波。話說回來，妳這傢伙為什麼在啊？算了，我懶得問了。

一色絲毫不瞧材木座一眼，整理完瀏海後，從包包拿出護手霜，保養起自己的肌膚，還不時哼哼唱唱。她修長的指尖將護手霜塗抹開，一陣柑橘的香氣隨即飄散過來。

說起來，一色和材木座兩人似乎從沒見過面。

不過，就這情況來看，就算他們彼此認識，一色也不可能主動對材木座搭話吧。當然，反過來也是一樣。

既然如此——我想到這裡時，趴在桌上的由比濱突然開口：

「你就問一下吧？」

雪之下也點了點頭，彷彿這樣的決定理所當然。

「……的確。畢竟這份委託的負責人，本來就是由比企谷同學擔任。」

「不要隨便決定負責人好嗎……」

本人早已負責擔任戶塚的粉絲，簡稱戶塚擔（註1）。

鐵粉如我，可是每場表演都會攜帶自製的應援團扇參加，懂？話說回來，將「戶塚擔」寫成羅馬拼音「TOTSUKATAN（戶塚小可愛）」時的可愛程度，簡直高到爆表（註2）。

姑且不論這些。除了我之外，社辦裡再也沒有能與材木座溝通交流的人。我雖然隱約察覺到麻煩勢必就此上身，但若不開口跟他搭話，他想必會在這裡賴到天荒地老。

「材木座，你來侍奉社有什麼事……」

我下定決心，開口說道。材木座聽了，迅速抬起頭來，喜孜孜地露出笑容。

「喔喔，是八幡嗎！真是巧遇啊！」

「這種小短劇就免了……」

「咳呼，是這樣嗎。也沒什麼啦，只是有件小事讓我感到煩惱……」

註1　日文「担当」做為偶像文化用語時，指偶像團體中單一成員的粉絲。

註2　日文語尾「TAN」帶有幼兒用語或男女親密表現之含意。

材木座說到此暫時打住，重新端正坐姿，我也跟著挺直背脊。

「我在煩惱自己是否要走編輯這條路，這件事應該跟你說過了吧？」

「當然，沒有。」

這傢伙又——開始講些有的沒的……正當我暗自發牢騷，在一旁聽著的由比濱小聲咕噥起來。

「不是輕什麼的嗎……」

由比濱真是溫柔啊，還願意回材木座話，其他兩人根本完全無視他的存在。雪之下至剛剛為止還稍微顧慮著材木座，聽完剛才那句話後，大概是認定他的話毫無價值，便若無其事地翻開文庫本，繼續看她的書去了。至於打從一開始就不聞不問的一色，則是露出猙獰的表情，手持睫毛夾和她的睫毛搏鬥著。

不過，由比濱可是說到重點了。印象中，材木座的夢想是輕小說作家才對。雖然他曾經有段時期改口要當遊戲編劇，但是很快地又回心轉意。話才說出口沒多久就被自己打臉著實不簡單，說不定這傢伙其實很適合從政。

我望向材木座，以眼神詢問他改變心意的理由，只見對方雙手抱於胸前，擺出艱澀的表情。

「唔——嗯，輕小說作家可以說是娛樂業界中地位最卑微的職業啊。因為不需要任何準備功夫，隨便找個路人都有辦法當。說真的，就算當上輕小說作家了，也沒有人會羨慕你，嘔心瀝血的作品也只因為是輕小說，就被當成垃圾……」

一臉陰鬱，碎碎念著的材木座突然瞪大雙眼，以嚴肅的口吻說道。

「我啊，已經領悟了。」

「領、領悟了什麼……」

對方的眼鏡閃過一束光芒，我從那雙鏡片後方的瞳孔之中察覺一股不祥之氣。然而，事到如今又無法就這樣閉口不問。材木座突然站了起來，椅子發出一陣劇烈的響聲。

「寫了就會被戰！不寫就被遺忘！業界內的魯蛇一條！這種工作有什麼價值可言！」

他強而有力的嗓音不僅傳遍整間社辦，也在我腦內嗡嗡作響。餘音一散，材木座又坐了下來，社辦內回歸靜寂。

對方已經發出這麼大的噪音，社辦內的氣氛卻還是那麼冷淡。連原本好不容易肯聽材木座說話的由比濱，也開始玩起自己的手機了。

如今，願意對材木座的話傾耳恭聽的人，只剩下我一個。我雖然早已習慣獨行俠的生活，但當下這股孤獨感，還是令自己有些承受不住。

「是、是嗎……你還真了解……」

我實在不曉得該對他的慟哭做何反應，索性隨便應付幾句了事。材木座聽了，微微揚起他的嘴角。

「我在網路上看到的。」

嘩～好厲害喔～網路好棒棒喔～所以接下來是「我也是看網路才知道」的時代囉～

沒有營養的對話一路持續下來，我早就飽了也膩了，材木座卻不為所動，繼續發表他的高見。

「就這點而言，編輯可以說是非常帥氣的職業喔！不僅能夠享受安定的生活，再加上是創意產業的一環，所以與動畫業界間的距離不會太遠。這麼一來，與聲優結婚的夢想就不再只是夢想啦！呼哈哈哈哈！」

「您的想法真是樂天，腦袋裡是只裝快樂兒童餐嗎……」

就算聖誕節跟新年過後緊接著是自己的生日，也不會這麼happy，我看你乾脆連萬聖節和情人節也一起過算囉。話說回來，雖然「Happy Halloween!」和「Happy Valentine!」都是很普通的問候語，但那到底有什麼好happy的？情人節可是華倫泰修士的祭日耶……再這樣下去，我看大家連愚人節也要加上happy囉。

現今世上瀰漫著一股什麼都要加冠「happy」一詞的風潮，材木座的思維模式也不例外，可謂happy到一種誇張的地步。要說有多麼誇張，就是那麼誇張啦。（註3）

尤其是把「跟聲優結婚」當作人生的最終目標，這點真的是太誇張了。

現在的結婚率都這麼低了，區區一個輕小說作家，怎麼可能有辦法跟聲優結婚啊！不要給我太超過喔！

註3　出自《銀魂》之名臺詞。

就算材木座繼續保持這種錯誤認知虛度人生，於往後的日子心靈受創、開始墮落耍廢，老實說都與我無關。但是看在同學一場的份上，也許還是跟他說清楚比較好。

「材木座。」

「怎、怎麼了……」

不知是因為我無意中壓低了自己的嗓音，還是我的語調流露出氣勢的關係，材木座重新端正坐姿，雙眼對上我的視線。我注視著面前這雙眼眸，緩緩開口說道：

「你啊，國中時是不是有過『只要上了高中就能交到女朋友』的想法？」

「嗚！」

大概是被我猜個正著，材木座不發一語，額頭開始狂冒冷汗。我又緊接著補上一句。

「然後，你現在絕對是這麼想的──『只要上了大學，就能交到女朋友』。沒錯吧！」

「嗚嗚嗚！你、你為什麼知道……？」

根本連問都不用問。因為答案只有一個。

「這可是人生的必經之路啊……」

我不自覺地感慨道。沒錯，過去的我也曾經抱持著這種想法。那時候真的好傻好天真，既不解人情世故，也毫無自知之明，以為自己到了二十五歲時大概已經結婚生子。然而，在我度過國中和高中時光，逐漸理解現實和社會是如何運作之後，腦內的理想人生藍圖便不斷向下修正至能夠實現的範圍。連作個小小的夢都不被允許，這世界實在是……（註4）

我不自覺地露出一副虛無且乾枯的笑容。材木座像是應和著我，深深嘆了一口氣。

此時，幾句小聲的話語，夾雜著輕咳傳了過來。

「必經之路……是嗎？」

「嗯——……」

抬頭一望，只見原本讀著書的雪之下稍微看了過來，視線與我對上後，又馬上移往別處。另一頭正玩著手機的由比濱，則是突然停下手指，露出一臉艱澀的表情，整個人僵在原處動也不動。

於是，社辦內再度鴉雀無聲。咦，這陣沉默是怎麼回事……現場氣氛實在令人沉不住氣，我開始感到坐立不安，此時一色將視線從隨身鏡上移開，瞧了我們一眼，然後輕嘆一口氣。

「……雖然只是隨便問問，出版社有這麼容易進去嗎？」

因為一色從頭到尾置身事外，我還以為她根本沒在聽。看來先前的對話多少還是有傳進她耳裡。

註4 出自《麻辣教師GTO》日劇主題曲「POISON」歌詞。

隨著一色開口，社辦內僵硬的氣氛也終於獲得緩解。雖然她並不是特別對誰提問，雪之下還是歪了歪頭，開口回答：

「聽說要進入出版社，競爭相當激烈……」

「是喔～感覺很拚耶。」

我很懷疑由比濱根本有聽沒有懂。老實說，我甚至懷疑她知不知道出版社是在做什麼的……

先把由比濱擱在一邊，雪之下的話確實有道理。我也曾經從父親那聽說，若想進入知名的大眾傳播公司工作，難度可是比登天還高。那麼，打算挑戰如此難關的材木座先生，想必他的心情——我轉頭望向材木座，對方卻意外地一臉平靜。

「唔嗯。我也上網查過了，要進出版社好像還滿不容易的。」

材木座一邊喃喃自語，一邊將雙腕交於胸前，歪起他的頭。

「但是，還真令人不解啊……到底是哪裡辛苦了……輕小說編輯的工作那麼簡單，只要把作家交上來的原稿讀過一遍就好，任何人閉著眼睛都能當吧？要不就是從『成為小說家吧（註5）』的排行榜前幾名之中挑幾篇作品出來，寄信問對方願不願意出書，不就這樣而已嗎？」

「喔、喔……」

如此輕蔑的發言，實在無法想像他曾經立志當輕小說作家。不過，大多數的人

註5 日本的小說投稿網站，為許多著名輕小說作品出處。

也不一定清楚輕小說的編輯到底是在做什麼，要是產生什麼誤解，我想也是無可厚非。

若就常識判斷，輕小說的編輯絕對是很操的工作。畢竟在業務上，他們勢必得跟一堆擁有和材木座相同思維的下賤垃圾作家打交道，光是在腦海裡想像，我就覺得得趕快買一箱胃藥回來放……而且，越是沒用的輕小說作家，越會把過錯全怪到編輯頭上。

「這個嘛，不實際進去工作看看也不會知道吧。」

我一說完，材木座便「嘖嘖嘖」地咂著舌頭，搖了搖他的手指。這傢伙真的很煩……

「我當然有思考過求職策略。」

「哎喲？說來讓我聽聽。」

「以應屆畢業生的身分應徵確實是比較辛苦。然而，中途轉職可就不一樣了。像我這種高層次的人才，都是先窩在編輯承包公司或是弱小的出版社，然後再想辦法跳槽。」

材木座自傲地哼了幾聲，還擺出一臉得意的樣子。一個人若自信到這種程度，不知為何說出來的話就會變得很有說服力，實在是不可思議。

「喔喔，中二意外地有在動腦嘛……」

由比濱還真的被這傢伙唬到了。

「等等，首先你要怎麼進去你說的編輯承包公司和弱小出版社……」

材木座的就職規劃確實是美麗得有如一幅畫。然而，這幅畫使用了強烈的簡略技法，絲毫無法讓人產生現實感。雪之下似乎看出問題所在，皺著眉頭，一副頭痛的樣子。

「我認為中小型出版社本來就不會主動徵人……」

然而，材木座的耳朵可聽不見對自己不利的話語。

「所以啊，我有一個想法。如果從學生時代就開始累積編輯經驗的話，GAGAGA文庫那種水準的地方，應該兩三下就進去了。」

「你也太瞧不起GAGAGA了吧……」

再怎麼說，那邊可是天下三大出版社之一的小學館喔……這傢伙還真是徹底把社會給看扁了。但是算啦，先不管這個。

接下來的發言才是問題所在。

「因此，為了累積編輯經驗，我在想要不要做幾本同人誌出來。」

「是嗎——加油囉。」

「嗯……然而，我身邊還沒有願意一起製作同人誌的『真正的夥伴』呢……能夠看見，聽見相同事物的『真正的夥伴』……（註6）」

註6 原文「真の仲間」出自遊戲《熱情傳奇》之臺詞，被轉借來諷刺該遊戲發行公司的商業手法。

「喔、喔……」

這個讓人感到一陣惡寒的辭彙是怎麼回事……我有種不好的預感……正當我直打哆嗦的時候，材木座像是要止住我的顫抖，把手搭到我的肩上。

接著，對我露出彷彿能夠照亮全世界的燦爛笑容。

「所以……八幡，我們一起製作同人誌吧！」

「我拒絕。而且我跟你才不是夥伴。」

材木座的熱情大概僅相當於中島叫磯野出門打棒球（註7）。這種程度的熱情才沒有辦法照亮我的世界。我要永久脫離隊伍！如果你肯掏錢購買ＤＬＣ，我還可以再考慮一下。

「八——幡——我明明一直當你是夥伴啊！為何你老是如此對待我！」

憤怒的材木座不停嚷著「好過分」。每次都得幫這傢伙擦屁股，誰受得了啊。我把材木座的話當成耳邊風，過了不久，旁邊傳來隨身鏡摺疊所發出的啪噹聲響。

我往聲音的方向望去，只見一色完成了不知該稱作整理儀容，還是磨練女子力的每日功課，將隨身鏡收進包包裡。接著，她用食指抵住下顎，歪頭做出思考的樣子。

「請問一下，什麼是同人誌？」

「簡單來說，就是寫點文章或是畫些漫畫，然後再自己製作而成的書籍。」

註7　出自日本國民動畫作品《海螺小姐》。

「……是喔。」

雖然我已經說明，一色似乎還是滿頭問號。我算不上是那方面的專家，所以也不大清楚怎麼說明比較好。

我懶得繼續解釋，這時坐在斜對面的由比濱精神百倍地將手高高舉起，大聲嚷著：「我我我！」

「我知道！叫作COMIKE對吧？自己畫漫畫還是什麼的。我之前好像有聽姬菜講過。」

「雖然妳的理解極為粗糙，而且海老名同學的興趣稍嫌特殊，所以有點那個……不過大致上算是說對了。」

我說完後，這次換雪之下歪起她的頭，擺出無法認同的表情。

「並不僅限於漫畫吧。對我而言，文藝方面的印象還比較強一些。」

「啊，妳說的也沒錯。」

追根究柢的話，著名的文豪和大作家們可都出版過同人誌。《白樺》和《我樂多文庫》都是教科書提過的知名作品。

實際上，不光是漫畫，同人誌的範疇也包含了評論、考察，或者是寫真集等各式各樣的類別，內容本身也五花八門。

而且，光就「評論」這項類別而言，便存在軍事評論、上一季動畫總評，甚至還有星期天動畫的猜拳單元必勝分析。另外，若要擴大討論範疇至同人活動全體的話，不光是同人誌而已，還有角色扮演、自製動畫、音樂、廣播劇ＣＤ和角色周邊等等，列舉起來可沒完沒了。

我簡單扼要地講解一遍後，一色點了點頭。

「COMIKE 嗎……這麼說來，我好像聽人提起過。」

雷電，難道妳又知道了嗎？

也是啦，最近連電視臺都拿 COMIKE 做過特別節目了，她知道這件事也沒什麼好奇怪。

不過，一色的認知似乎有些偏差。

「那個好像很好賺耶——？」

她抬起閃閃發亮的雙眼，上半身略往前移，興致勃勃地開口問道。這個人舉手投足明明是個天真無邪的清純少女，嘴裡吐出來的話卻是再糟不過……

「不，並不全然如此。大部分的人做起同人誌來，都是不計成本的。」

印象中，同人誌原本就是「因為喜歡而製作」的東西，目的並不是賺錢獲利。

不過我也沒有非常了解就是。實際上，製作同人誌的社團，絕大多數都是收支打平、不賺不賠，加上其他雜費之後變成赤字的情況，也是屢見不鮮。

「明明不會賺錢……還是要做嗎？」

一色抱起她的頭呻吟起來。看來她似乎是無法理解……

「換言之，這已經是興趣的範疇了呢。」

雪之下點了點頭。她似乎也在紅茶、熊貓強尼、貓咪周邊等東西上花了不少錢，也許意外地有所體會。

「不過，同人活動聽起來好像很厲害呢。」

雖然我無法從嚼著餅乾的由比濱嘴裡聽出任何讚嘆的語氣，但她應該還是真的感到佩服，「哇——」地低呼一聲。

「同人活動本身並不是什麼稀奇的事。而且，也不是只有御宅族才會想製作書籍。」

「是這樣嗎——？」

一色似乎還沒有想通，語氣略帶驚訝。對於像她一樣與同人誌之類的文化無緣的人而言，會這麼想倒也不奇怪。

不過，類似的例子不止於此。

「大學生不是很常製作免費情報誌嗎，就像那樣。」

由比濱聞言，敲了一下手掌。

「就是會在校慶時發的那個！」

「……啊——那我大概懂了。」

一色似乎也稍微理解，點了點她的頭。

「對吧？也就是說，免費情報誌就是那些菁英們所做的同人誌啦。」

「雖然這樣形容總覺得哪裡怪怪的，不過比喻得還不錯呢……」

雪之下大概是想起什麼不愉快的事，按住她的太陽穴。真是巧啊，一說出「菁英」這個詞後，我的腦袋也突然陷入一片空白。

「總而言之，也許我們對於free paper帶有一些bias，但應當還是有達到一定程度的consensus。當然，就算是free paper，實際上也是case by case，所以為了達成明確的agreement，做為一個influencer，我們今後也必須繼續trial and error，並且對於導出的結論做出commit。（註8）」

「學長，你到底在說些什麼……」

一色擺出厭惡的樣子，椅子還向後挪動了幾公分。

「啊，不好意思。一瞬間突然菁英上身……」

「我寧願你只是單純腦袋放空……」

雪之下無奈地嘆了口氣。

不管如何，就「興趣的產物」層面而言，上述兩者是共通的。

製作免費情報誌的傢伙，和同人社團其實幾乎沒有什麼差別。換句話說，他們算是「菁英」領域的御宅族。

真要說的話，領域有多少，人有多少，同人誌的種類就有多少。

「那麼，你打算製作什麼樣的同人誌？」

註8「結果にコミットする」出自日本健身中心「RIZAP」的廣告標語，其以抽象外來語做為廣告包裝的手法曾掀起一股討論熱潮。

經我問道，材木座低頭沉思一會兒，然後抬起頭來，一臉正經地開口說道：

「唔嗯。果然還是小說吧……我沒有特別專精的領域能夠發揮，也不會畫圖。」

這理由也太可悲了吧。

「因為我不會畫畫，所以就當小說作家好了！」——這種黃金模式實在是夠了喔，可以不要再來了嗎……想當小說作家，理由至少也希望是因為怕無法順利就業而選擇的。

「到頭來還是輕小說嗎……要寫輕小說的話，現在網路這麼方便，愛在上面發表多少篇就發多少篇啊，你剛剛才提到的『成為小說家吧』不正是其中一個例子？倒不如說，在那裡發表小說，出道的機率還比較高呢。」

我難得對材木座提出極具建設性的建議，對方卻提不太起勁。

「唔——嗯……我不大喜歡那種型式的說。」

「為什麼啊。現在正流行異世界轉生外掛後宮無雙系的作品呢，哪裡不好了？」

「……啥？」

一色突然發出低沉的聲音，彷彿在說「這傢伙到底在說什麼鬼……」那表情到底是怎樣，讓人看了有點不爽……我說了什麼奇怪的話不成？

——搞不好，我真的說了什麼奇怪的話。

女性成員們紛紛移動椅子圍成一圈，悄聲討論起來。

「異、世界？外掛？他剛剛說的是什麼……」

「外掛後宮……是什麼啊？」
「聽起來好像起司鱈魚香絲類型的點心耶？（註9）」
平常點心都吃鱈魚香絲嗎。一色，您真內行！
所謂的異世界轉生外掛後宮無雙，就是主角因故重新轉生至異世界，以開外掛等級的強大能力一路無雙到底，最後建立起屬於自己後宮的故事類型。哇塞，本來打算好好說明的，說到最後連我自己都不懂了。
也罷，這種類型的輕小說，喜歡的人自己去讀就好了，不需要解釋給沒興趣的人聽，也不必強求所有人都理解。
異世界轉生系作品，甚至是輕小說本身，只要能讓喜歡的人開心就行了。
不光是輕小說而已。
所有事物都是如此吧。像是話語，或是心意。
只要能夠傳達給想傳達、或是希望對方開心的對象，那就夠了。
然而，我的話語卻不知為何，完全無法傳達給材木座——
材木座絲毫不把我們的話當一回事，繼續七手八腳地拚命訴說。
「才不是那樣！才不是受不受歡迎，或是讀者喜好的問題！我對於那種東西完全不在意，一點也不在意！只是，那個、該怎麼說啦！像是排名還是評價之類的，我討厭被這種東西束縛啦！我不想要別人在電腦螢幕前評斷我的作品啦！」

註9　日本點心品牌「チーたら」與「外掛後宮（Cheat Harem）」音近。

有那麼一瞬間，我還產生了這傢伙說的話頗為帥氣的錯覺，但是他的一番話之中，有幾個關鍵字讓我感到在意。就那些字眼推論的話，導出的答案只有一個。

「啊——原來那個網站會顯示作品的排名喔。自覺作品不受歡迎就算了，還要被官方認證，確實是很難受。」

「非也！絕非如此！無論排行還是名次還是數字還是評論，我一點也不在乎！排行只是給人看的！不足的部分就用勇氣彌補！」(註10)

材木座講起話來雖然氣勢磅礴，然而世界上無法光靠勇氣補足的事物可多著。

你心裡在意的事情早就被我識破，已經無所遁形啦！(註11)

「……原來你已經實際投稿過，而且玻璃心碎滿地了。」

「進步很多呢。要把那種東西攤在眾人目光之下，想必需要相當大的勇氣。」

「對啊對啊，很勇敢很勇敢。」

雖然雪之下和由比濱半是驚訝，半是佩服地誇獎著材木座，不過請容我再次確認，這兩人真的是在誇獎材木座吧？對吧？我還以為又是什麼高明的酸人手法！況且，雪之下那句話百分之百是在酸人！

不過，我倒是覺得誇一誇材木座也無妨。

不要說是投稿新人獎，一個連把稿子認真寫完都辦不到的男人，居然有勇氣把

註10　出自《勇者王我王凱牙》名臺詞，主角「我王凱牙」與材木座配音員為同一人。
註11　出自《新網球王子》角色「跡部景吾」的臺詞。

自己的作品放上網路，這點便已值得稱讚。一想到我之外的人讀完那玩意後臉上浮現的痛苦表情，我就愉悅到不能自己。就讓世人們更加痛苦吧！大家都活在痛苦之下的話，世界絕對會更加和平。

然而，材木座卻搖了搖他的手。

「不，我沒有投稿。我只是看了其他被批評得很慘的作品，然後冒出這樣的想法而已。」

「啊，是嗎……」

世界和平尚未成功，同志仍須努力。

不愧是材木座，「廢柴作家志願臭宅男」的稱號可不是叫假的。不，反過來想，光是看到別人被批得一文不值的樣子，就能把自己帶入對方的立場，從這點來看，這傢伙的心思其實還滿細膩的。嗯～搞不好他意外地是塊作家的料……

但是，我認為對於一個輕小說作家而言，最重要的並不是細膩的心思，也不是一流的文筆，更非組織能力或者創意巧思。

最重要的，是如同鋼鐵般堅強的心靈。

他人再怎麼批評也不服輸；作品賣不出去也不輕言放棄；不在部落格或推特上隨意發言；作品若是賣得不錯，尾巴也不該翹起來；被前輩先進瞧不起也不灰心喪氣；遇上各式各樣的糾紛也絕不舉白旗投降；遭遇種種悲慘狀況也不放在心上；不可高估自己的實力，或者該說根本不可相信自己；不去思考擔在肩上的將來和老年生活；空虛寂寞覺得冷時也得咬牙苦撐，絕不輕彈男兒淚；就算聽到什麼好消息時也不過高期待；不去在意同行的銷售數字；作品生不出來也不隨便外出取材；截稿前夕不開溜逃亡；不忘記時時對身邊的人心懷感激。

以上「十六不守則」（註12），才是對於輕小說作家而言最重要的精神。

擁有一顆堅強的心靈，才是最重要的事。印象中，輕小說《如果我有妹妹。（暫譯）》裡也有這一句話。不，搞不好沒有。我想應該是沒有。

不過，材木座不是什麼專業人士，沒骨氣這點也是眾所皆知，這種時候當然要盡量引導他往容易應付的方向走啦！這傢伙的心靈脆弱度跟豆腐不相上下，現在季節也正好，乾脆丟進火鍋裡煮一煮吃掉算了。

我端正坐姿，清了清嗓子，接著以比平時更沉著的語氣緩緩開口：

「材木座，我能預見你做的同人誌大概一本也賣不出去。你不覺得親眼目睹這個事實，是一件很痛苦的事嗎？」

大概是我的一番話在材木座腦海產生鮮明生動的景象，他頓時啞口無言，說不出半句話。

孤獨一人坐在攤位上發呆，默默忍受夏日苦暑和冬日嚴寒，耳聽隔壁攤位的人正和 cosplay 看板娘愉快閒聊，眼見對面攤位如同一條長蛇的排隊人潮，為了不讓賣不出去的同人誌映入眼簾，只能把頭抬高盯著遠方的天花板瞧……材木座這傢伙忍

註12 原文音同「NAI NAI 16」，日本男性偶像團體「澀柿子隊」的出道單曲。

受得了嗎？不，絕不可能。

終於，他無力地垂下雙肩，勉強擠出細微的聲音。

「……有道理。」

「若要以編輯為目標，比起製作同人誌，選擇其他方法還比較實際喔。」

「唔嗯……原來如此……」

材木座大概是放棄了原本的念頭，在我又補上一句之後，他便老實地應聲回答。很好，看來我不用陪公子做同人誌囉……

大嗓門的材木座一閉上嘴巴，社辦再度陷入靜寂之中。我偷舒一口氣，暗自慶幸事情告一段落。此時，有人啃了一口煎餅，發出清脆的咔哩聲。

「那麼，要怎麼做才能當上編輯？」

由比濱咬著煎餅問道，材木座像是被點醒，猛然抬起頭。

「唔嗯，說得也是……」

這麼一說，連我也開始在意起來了。

「稍微查查看吧……」

如同材木座所說，網路上什麼都有、什麼都不奇怪，連沒有價值的廢文也一應俱全。

「雪之下，借一下電腦。」

「……侍奉社可不是電腦教室。」

儘管雪之下嘴巴抱怨，她還是從座位上起身，拿出筆記型電腦，動作俐落地準備好。

正當我把臉轉向電腦螢幕，準備請教 Google 大神時，一張椅子突然「喀噠」地出現在右手邊。

我扭頭望過去，只見雪之下坐到那張椅子上，興沖沖地從書包裡拿出眼鏡。她撥了撥豔麗的秀髮，像是戴上頭冠般，優雅地將眼鏡緩緩戴上。細長的指尖離開鏡框邊緣後，她眨眨眼睛，修長的睫毛幾乎要觸到鏡片。雪之下做完準備，點了點頭，然後悄聲將椅子往前移動，探頭望向螢幕。

此時，她的頭髮隨著動作搖曳一下，散發出高級洗髮精的香氣。好近……

身旁的空間被占據一塊，我感到心頭有點刺癢，於是扭動身體，把椅子稍微往左邊挪。這時，另一股淡雅的柑橘香水味飄過來，搔弄著我的鼻頭。

由比濱不知何時繞到了我的左側。

她整個人往前傾，下巴快要貼到桌面，手肘也輕輕碰上我的胳膊。我以眼神示意由比濱稍微讓開，她也瞄過來一眼，兩人的眼神互相交錯。

我還以為由比濱願意讓出一些空間，沒想到她只是將視線挪開，絲毫沒有要移動的意思。我企圖移動身子，卻感覺到自己的外套碰到了由比濱的裙襬，只得僵在原地不動。

……好近。

接著，連我背後也傳來一股氣息。

室內鞋底部的橡膠於地板上摩擦，發出陣陣聲響。

我轉頭一瞧，發現一色正站在自己身後。她從我的背後探出頭，盯著電腦螢幕猛瞧。

不僅如此，她還把手搭上我的肩膀挨過來，我實在無法不去注意那雙小手的觸感和溫度，耳邊也不時傳來輕微的吐息。這讓我不禁起了一身的雞皮疙瘩。

……所以我說太近了啦。

左右和身後都被人包抄，我只好把身子向前彎。

但是，就連正前方也被封鎖。

傾身，正欲前，忽有龐然大物，拔山倒樹而來，蓋一材木座也。頭一低而螢幕盡為所蔽。

太近了，給我閃邊去。

無形的壓力從四面八方而來，我一面縮起自己的身子，一面將腦海裡浮現的關鍵字輸入電腦。螢幕上立刻跳出大量的搜尋結果。

「求職網站、求職論壇……還有出版相關的求職補習班……各式各樣的網站都有呢。」

「啊，自閉男，這個是？」

我快速掃過幾個看似較有參考價值的網站，這時由比濱靠過來，伸手指了指電腦螢幕。

雪之下也把頭側過來，念出由比濱指的地方。

「錄取經驗談……看起來像是實際應徵上出版社工作的人寫的部落格。我想應該滿有參考價值的。」

「學長，快點快點。」

一色不停拍打我的肩膀，催促我繼續往下看。

所以我說妳靠太近了啦，會害我背後一直莫名冒汗，能不能麻煩妳再後退個十五公分左右……

我以眼神詢問材木座意見，他大力點了點頭。

「嗯，無妨！」

「……那麼，就看一下吧。」

我點擊由比濱所指的連結，進入名為「錄取經驗談」的網站。

網站頂端的標題，以極大的字體寫著**「絕對榜首！健健的出版社求職『成功』經驗談！」**

「……欸，絕對榜首是什麼意思？錄取還有分榜首跟吊車尾？」

「等等。」

雪之下迅速將手伸向電腦，另外開啟一個分頁，開始查詢關於求職與錄取的資料。她瀑布般的黑髮不時碰到我的手指甲，弄得我直發癢，只得自然而然地將手放回膝上，形成正襟危坐的姿勢。

待搜尋結果跳出，雪之下指了指電腦螢幕。

「雖然不會對外公布，出版社好像會把所有錄取的新人依分數排名，分數最高的就是榜首。榜首似乎從一進公司開始，就會被視為儲備幹部，分配到較占優勢的工作崗位。」

「我光聽到『儲備幹部』這個詞就覺得不妙……」

整段話聽起來血汗味十足，讓人不安的程度大概和「跟自己家一樣自在的職場環境」、「年輕一代為公司注入新血」等宣傳語句差不多。我不禁擔憂起健健往後的日子。

越是恐怖的東西，往往越是教人好奇，健健先生風光地成為內定榜首後，是否真的成為出版社的優秀社畜，且讓我們循著他走過的路繼續看下去。

我將網頁往下捲動，開始閱讀文章。

『絕對榜首！健健的出版社求職「成功」經驗談！』

本部落格記載了本人從應徵出版社至榜首錄取，一路走來的心路歷程！

1. 填寫工作申請表

就是簡稱為ES（註13）的玩意啦（笑）。

除了簡歷和資歷，求職動機等萬年問題，還有作文、關鍵字短文、最近留意的新聞時事、目前最關注的三個人、最難以啟齒的失敗談etc……每家公司都會自己設計問題。某些比較特別的公司還會將整張表格的一半留白，然後在一旁附註「請自由利用以下空白區域推銷你自己」。

有些公司的人事部門會保留求職者的ES，所以拜託讀書會或社團學長姐，請他們幫你拿一些ES出來看，也許是個不錯的方法！

補充一下，關於簡歷……

最近越來越多公司的工作申請表不須填寫大學名稱，換言之，學歷不再是審查的重點。

倒不如說，我並不覺得知名企業會以學歷過濾求職者。應徵上知名企業的大學生多出自名門大學，並不是因為他們有學校的光環加持，而是他們本身就擁有足以被錄取的實力與潛力，然後剛好從那些名門大學畢業罷了。

我認為，今後將會有越來越多的企業放下成見，針對求職者的個人能力評斷錄取與否。

換個方向想，我們這些正在找工作的大學生，也不應當以名氣及品牌價值做為

註13 Entry Sheet，和製英語。

判斷企業好壞的依據。明白求職不僅是被企業挑選，我們自己也同樣在挑選企業，說不定就是成功的祕訣。

在這裡，我要送給大家一句話。

「當你凝視著深淵時，深淵也正凝視著你。」（尼采）

喲……大致看了一下文章，這傢伙寫得還算不錯嘛。不過，尼采的名言為什麼是由健健送給大家啊？我比較希望由尼采直接送給我。

雪之下也一邊點頭，一邊閱讀文章，由比濱和一色卻有些受不了。

「字好多……」

由比濱不自覺這麼抱怨道。妳啊，如果因為文章字多就放棄閱讀，可就看不了柯南囉。有趣的作品就算字多也是很有趣的！

同時，一色也焦躁地拍打我的肩膀。

「這網站還真有點讓人不爽……」

她不滿地說著，拍打我肩膀的指尖沒有停下來的意思。嗯，不要把氣出在我身上好嗎？

不過，我也不是無法理解一色的感受。這篇文章讀起來確實有些讓人生厭。

我不清楚文章作者為何要擺出這種高姿態。不過某些裝腔作勢的大學生，說起話來正是這種感覺。一想到大學裡有一堆這樣的人存在，我便開始厭惡起大學了……

話說回來，這位叫作健健還是誰的，部落格的第一篇文章就卯盡全力寫作，若之後的文章也都維持這種調調，讀者可是會膩的喔。我想，大概只有 Kinki Kids 和吉田照美能夠和他的幹勁相比了吧。

「唔嗯……原來如此。我大概理解了。八幡，下一頁！」

雖然不知道材木座是否真的理解，我還是點點頭，點擊下一頁。

2. 筆試

大部分出版社的考題以一般常識問題為主，不過也有公司會要求做SPI。兩者都買得到考古題，因此請事先做好準備。SPI在一般企業行號是必考項目，轉職者有時也會被要求做SPI，所以事前做好SPI的準備，是不會吃虧的。就我自己的感覺，S社和K社比較會出能夠鑑別求職者整體能力的好題目，K書店則是以刷人為目的的爛題居多。打算應徵K書店的人，請特別注意！

雖然行文故作冷靜，字裡行間卻不時流露出對於K書店的怨念……看來這位叫健健的大概應徵過K書店，然後在筆試被刷掉了吧。

「八幡，SPI是什麼，間諜嗎？」

材木座的聲音從頭頂傳了過來。由比濱接著說道：

「好像是某本雜誌的名字？果然要應徵出版社的話，就一定得看這種類型的雜誌呢！」

「妳說的是《SPA！》吧……」

《SPA！》的考試是什麼鬼東西啦！難道會考「請回答真的很好吃的鍋貼專賣店TOP30＠新橋」之類的問題？但是仔細想想，出版社的筆試題目的確很像益智節目會出的問題，所以也無法全盤否定。這讓我感到一陣恐懼。

我自己也不清楚SPI的內容，所以無法回答。此時雪之下將手伸向電腦，開啟新分頁查詢SPI。

不久，她找到了需要的網頁，將手放在下顎，點了點頭。

「所謂的SPI，簡單而言就是性向測驗，藉由邏輯思考與計算、語言等能力檢定，以及性格測驗，來推測受試者的人格特質。大致上是如此。」

雪之下用中指輕推眼鏡，為我們扼要解釋。不過，由比濱仍然抓不太到重點，愣愣地將嘴巴張得老大。

「喔……啊，像是心理測驗的東西嗎？那樣的話我就了解了！」

由比濱開朗地說道，並轉頭望向雪之下。雪之下彷彿已經放棄再補救下去，只是將頭撇向另外一邊。

「……妳這樣理解也沒問題。」

「不，絕對有問題好嗎？」

「雪之下學姐，請不要放棄說明……」

一色的這番話讓雪之下回心轉意。她閉上雙眼，重新思考如何解釋。

「說、說得也是。如果好好思考說明方式，由比濱同學也能聽懂才是。要讓由比濱同學聽得懂……要讓由比濱同學聽得懂……」

由比濱看著嘴裡喃喃自語，認真思考的雪之下，不禁失落地垂下雙肩。

「小、小雪乃的溫柔，還真有些傷人……」

沒辦法，畢竟是自己沒有參加過的考試，無論是要解釋，或是理解其內容，都是一件困難的事情。若要參透個中道理，就非得親身體會才行。反正將來找工作的時候，就算自己再怎麼不情願，也不得不參加這種考試。唉，真不想找工作……

但是，筆試還有辦法準備，已經算好的了。

找工作的最大難關，正是緊接在筆試後的「面試」。

那麼，我們的健健究竟是如何通過這道難關的呢？讓我們繼續看下去。

3.第一次面試

有些公司會採用團體面試。

K大學的那些傢伙一直在旁邊插嘴，超級煩人的，還被他們害到落榜。我要詛咒你們一輩子。

第三點只寫了這麼一點東西。文章怎麼突然變得草率啦？健健～埋怨的話倒是寫得很起勁嘛，健健～

由於內容實在太淺薄，連材木座也從頭看到尾、再從尾看回頭，檢查是不是漏看哪裡。

「喔嗯？八幡，他就只寫了這些嗎？」

「似乎是這樣。繼續往下看囉。」

資訊量就這麼一丁點，實在無法產生什麼感想。我移動滑鼠點擊連結，跳到下一個頁面。

4.第二次面試

F社的某個傢伙，居然在我回答求職動機時說什麼「喲，還真敢講呢——^^」，是想吵架嗎？職位大概是總編輯吧，我絕對饒不了他。

文章至此已經完全見不著說明，只剩下恨意濃厚的牢騷與怨言。

健健的求職歷程讓我越讀越覺得不對勁，後來甚至不自覺地發出乾笑。

一旁的雪之下也傳來嘆息。

「具體資訊變得越來越少了呢。」

「不重要的部分倒是越來越詳細……」

一色同樣不知該如何反應，只能苦笑以對。

如同兩人所說，健健的文章內容明顯地越來越單薄，我想他大概是在這個階段受到不少挫折。讀著讀著，連我都開始有股挫敗感。看來求職是真的很辛苦……

然而，這只是第二次面試。文章可還沒結束。

我大大伸展一下筋骨，集中精神，點擊連結移至下一頁。

5. 第三次面試

壓迫面試。（註14）K社出動了十位左右的董事大叔，排排坐的樣子真的很嚇人。不，搞不好有二十位吧。嚇死人了。

文章內容已經連怨言都稱不上。健健一開始的幹勁蕩然無存，行文氣勢弱如游絲。不過，就算到了這個地步，他依然堅持寫下去，如此強韌的精神力，確實值得誇獎。

文內特別用上「壓迫面試」這個詞，想必他承受了相當大的壓力。短短幾行文字，便足以感受到那股恐怖及絕望。

雖然我們只能坐在這裡想像，由董事擔任考官的面試，感覺就是很累人。一群掛著董事長、執行董事、專務、常務等等頭銜的大叔，身穿黑色西裝坐成一排——

註14 日本企業常見的面試型態，考官會故意刁難求職者，觀察其臨場反應。

看起來不是跟SEELE（註15）一模一樣嗎？不要說什麼衝擊感了，我的內心都要遭受第三次衝擊了。

「感覺很辛苦呢……」

由比濱的呢喃充滿著同情與悲哀。連我都開始感到難過。

「後面好像還沒結束……」

雪之下以略帶痛苦的口吻說道，聽來反而像是要我們別再看這個網站的內容。但是，都已經看到這邊，就乾脆看到最後吧。不，應該說我們有見證到最後一刻的義務。我以顫抖的手操作滑鼠，點擊最後一篇文章。

6.最終面試

你們這些大傳研的人別跟我開玩笑，說什麼最終面試只是確認個人意願而已，不會把人刷掉，我這不是被刷掉了嗎！

「經驗談」至此結束。

健健最後到底怎麼了？一想到他的將來，我便感到心頭一陣緊縮。

不僅是我，其他人也都深深嘆起氣來。

這也許出自不經意窺見某個人人生縮影後，油然而生的內疚，也可能出自親眼

註15《新世紀福音戰士》中祕密結社的名稱。

見識求職戰爭前線的嚴苛之後，內心產生的苦悶。

但是，大家心中那股「不想跟寫出這種東西的人一起工作」的感受，才是最主要的理由吧。一開始明明寫得這麼起勁，後半段卻完全變成怨言和牢騷……

「那個……總覺得，這個人好像沒有被錄取……」

一色委婉地說道，由比濱這也才意識到，轉頭再看螢幕一眼。

「……真的耶！標題明明是成功經驗談的說！」

「啊，我懂了。這種類型的文章，作者往往不管三七二十一，先把成功之類的字眼寫進句子裡再說。道理有點類似吸引力法則，或是那些專家菁英喜歡的意象訓練。」

「那種東西與其說是意象訓練，比較貼近自我啟發吧……」

雪之下按著太陽穴說道。是啦，就某方面而言，找工作的確有點類似自我啟發……剛剛在瀏覽網站時，螢幕上也是沒兩三下就跳出自我分析、自我宣傳、或是成長意願等光鮮亮麗的辭彙。當然，企業需要的正是精力充沛且擁有堅強精神力的人才，所以出現這些東西算是在所難免。但是，一群人排排站在一起，拚命展現出自己積極正向的一面，此番景象怎麼樣也稱不上自然，光是想像就令人寒毛直豎。

照這樣看來，實在沒有適合自己的工作領域……我的工作意願一口氣掉到谷底。這時，站在面前的材木座小聲叫了我的名字。

「八幡，大傳研是什麼啊，是類似千葉犬的東西嗎？」

「兩者一點也不像好嗎。你到底知不知道什麼是千葉犬？」

千葉犬是千葉環境再生推進委員會的吉祥物，造型取自千葉縣的形狀。這名字聽起來固然容易跟千葉君聯想在一起，但這兩者的外型可是有著天壤之別。千葉犬雖然名字裡有個犬字，外表卻沒有半點狗的樣子，反倒是自稱不可思議動物的千葉君還比較像隻狗。千葉縣的品味究竟是怎麼回事？這個縣未免也太rock。

聽到我們的對話，雪之下歪頭思考半晌。

「可能是大眾傳播研究會的簡稱。」

「研究……感覺會做什麼很厲害的實驗呢。」

由比濱望著天花板發愣，嘴裡喃喃自語，大概正對「研究」一詞盡情揮灑著想像力。這裡的研究可不是妳所想像，一群人身穿白袍在那邊搖晃燒瓶和試管啊！

然而，光是「研究」一詞，的確很難給予人具體的形象。如果是科學技術或是歷史的研究，我還能於腦內勾畫出大略相貌，但說到大眾傳播的研究，我就真的不知道是在做什麼。

「……順便查一下跟大傳研有關的資料吧。」

「唔嗯。放手去做吧！」

材木座強烈表示贊同，還模仿起克拉克博士（註16），伸手將大衣的下襬往後一撥。於是，我打開Google開始搜尋。

註16 日本北海道大學的首屆校長，名言為「少年要胸懷大志」。

我隨便輸入幾所大學的名字，空一格後再輸入「大傳研」，然後按下搜尋按鈕。

才一眨眼的功夫，一堆自我感覺良好的言論映入眼簾。首先是附西裝照的簡介、座右銘，接著是自我宣傳文章，還有來自同伴的打氣與鼓勵，占據了螢幕上的所有空間，甚至連去印度旅行、攀登富士山、求職訓練營ＢＢＱ的活動照片都擺上去，越看越讓人搞不懂大傳研到底是在研究什麼。

我無法直視網頁內容，只得半瞇著眼大略看了一遍。

簡單來說，大傳研就是有志進入電視臺、報社或出版社工作的傢伙互相交換情報，傳授求職必勝法的社團。

「我說八幡，想要進出版社工作的話，非得先參加這個叫作大傳研的東西嗎？絕對嗎？真心不騙？」

材木座看著網站上一張張充滿愉快氛圍的相片，開始感到坐立不安。

「應該是不必吧。這個網站反而讓我覺得不參加為妙……」

我相信這類打著大眾傳播研究會、廣告研究會招牌的社團，都有正經正常的一面。

然而，這個網站上的文章瀰漫著自我感覺良好的氣息，使得海濱綜合高中的學生會長——玉繩不時從記憶中探出頭來，讓我無法產生好感。

我繼續閱覽網站，發現一句令人在意的句子。

「……材木座，你根本無法參加這個社團嘛。」

「唔，為何？」

我指向螢幕一角的入社測驗說明。上頭註明，除了考一般常識的筆試，還要和社長及數名幹部面試。

「看來要參加這個大傳研，還得先通過筆試和面試。」

我敲了敲螢幕上的說明文字，一色從後方探頭過來，研究了一會兒又「哼——」地發出不感興趣的聲音。

「啊——那就是沒辦法囉——」

「唔嗯嗯……八幡，我、我對面試不太拿手……」

「我早就知道啦。」

我可是再清楚不過了……說是這樣說，其實我也不太擅長面試。曾有一段時期，我連打工的面試都能被刷掉，所以在那之後不用說蹺班，連面試我都直接爽約。

正當我遙想自己以往的失敗人生，心中還萌生一股自傲時，從身後使勁伸出手臂敲打鍵盤的一色忽然發出「喔——」的聲音，彷彿想通了什麼。

我以視線詢問一色發生了什麼事，她輕輕地點了點頭。

「這種入社測驗，結衣學姐應該輕而易舉就能通過吧？」

「咦，為什麼？我對於考試很不拿手啦……」

由於冷不防被叫到名字，由比濱發出奇怪的聲音，一雙水汪汪的大眼眨呀眨，直望著一色瞧。一色操作電腦，將網站畫面往下捲動。

「啊，沒有啦。從這個網站上的照片來看，他們好像都是選些個性和自己相近，或是長相可愛的人入社，所以對學姐而言應該輕而易舉嘛。」

「嗯，滿有道理的。」

暫且不談筆試，面試對於由比濱而言，大概不成問題。她應該能夠和那種調調的傢伙們毫無障礙地溝通才是。

我點頭贊同一色的意見，由比濱也許是對自己被稱讚感到意外，臉頰染上一抹羞紅，還搔弄起頭上的丸子，頻頻往我看過來。

「是、是嗎？」

「是啊，由比濱搞不好和那種煩人的調調意外合拍喔。」

「那是什麼理由啊？害我白高興一場……」

由比濱失望地垂下雙肩，把臉撇向一邊。啊，不不不，我可是一點也沒有說妳不可愛的意思呢，嗯。我相信由比濱絕對能夠輕鬆應對這種大學生特有的活力與熱情，沒錯。只是，該怎麼說呢～太過融入這類社團的氛圍，也不一定是件好事吧～

「我想對方也會欣賞妳的外表。但是該怎麼說——內在還是比較重要……不如這樣講，用外觀或個性做為評價基準的社團，還是不參加為妙啦，大概。」

「咦？呃，是沒錯啦。嗯……」

由比濱似乎不太能接受，但還是勉為其難地點了點頭，轉身再次看過來。一旁的一色實在看不下去，嘀咕了幾句：

「學長，你真的很不會說話耶。」

要妳管。要是我懂得怎麼把話說得好聽，就不會蹺掉打工的面試了。

「內在、嗎……若要談論內在，同樣價值觀的人聚在一起，真能說是件好事嗎？處在所有人像是用同一個模子印出來的封閉環境，我不覺得能有什麼成長……」

在旁聆聽的雪之下看一眼網站，露出懷疑的神情，開口說道。

這時，材木座敲了一下手掌。

「……咳哼。也就是說，若要舉例的話，就是某超大型出版社獨占了遊戲雜誌市場導致其他出版社底下的作品拿不到宣傳版面因此拒絕某作品遊戲化的某遊戲公司製作人卻一口答應幫另一間出版社的作品遊戲化結果銷售成績大爆死——類似這樣的事情，對吧？」

「你的舉例太複雜了，我一點也聽不懂，而且我覺得根本是兩碼子事，不過大概就是你說的那樣。」

我根本聽不懂他在說什麼，打算隨便應付幾句話了事。材木座聽了卻用力點著他的頭。

「果然如此！網路上說的果然都是真的！」

真的假的，網路根本超強啊。他到底是怎麼做的，居然能找到這種消息？我在此封你為搜尋達人。不過，今後的社會就是需要這種搜尋資料的專家，也許這正是一項符合時代需求的才能喔！

我反過來佩服起材木座，他也不知為何猛烈地燃燒起鬥志。

「……可惡！我的才能之所以不被發掘，無法於輕小說文壇展露頭角，果然都是名為某超大型出版社的邪惡帝國占據著整個市場的緣故！」

「想太多。」

總之你先寫完再來嘴，好嗎？

×　×　×

稍作休息，用完茶點之後，我們再次聚集到電腦前。

由於剛剛的「絕對榜首！健健的出版社求職『成功』經驗談！」實在沒有什麼參考價值，我們決定繼續尋找其他類似的網站。

某個求職活動網站記載了實際於公司工作的員工評語，以及企業的求人簡介，頗具參考價值。

這時，我注意到一個令人震驚的數字。

「知名大型出版社的錄取率也太誇張了吧……好幾千人去應徵，最後只錄取十五人……」

「雖然沒有公布實際人數，無法得知真正的錄取率，但粗估大概是兩百分之一到三百分之一吧。」

聽到雪之下大略計算出的數字，由比濱佩服地大大嘆了口氣。

「唉～～要當編輯還真不簡單呢。」

「十五名還只是總錄取名額，若將工作崗位的分配考慮進去，那麼能夠成為編輯的人又更少了呢。」

雪之下說得一點也沒錯。也許有人會被分配到總務或是營業部門，就算運氣好被分配到編輯部門，也不一定就是負責輕小說。材木座希望應徵的輕小說編輯，好一點也許分配到一兩個新人，糟一點的話打從一開始就沒有新人的位子。

「嗯、嗯……咕、咕嗚嗚……這樣的話，當輕小說作家不是還比較輕鬆嗎……」

「大概吧。」

光就錄取率來看，在GAGAGA文庫底下以輕小說作家的身分出道，還比較容易一點。再說，當輕小說作家還不需要面試。

正當我把手伸向電腦，想順便查一下在GAGAGA文庫底下出道的機率大概是多少時，另一隻手突然從後方伸了過來，緊緊抓住我的手。

「學、學長，等、等一下啦！」

一色用顫抖的聲音開口。

「怎、怎麼了嗎？」

「嗯！嗯！」

我轉頭問道，只見她激動地指著電腦畫面，指尖還不停顫抖。

「快看這個！這個啦！」

到底是怎麼了……我搞不懂一色究竟是吃錯什麼藥，探頭看了看她手指的地方，原來是某位出版社員工寫的公司評語，以及工作介紹。除了該位員工的畢業大學、現在的工作內容之外，還有每週大約工作多少時數、一天的工作行程表，全都介紹得一清二楚。我依序往下閱讀，直到看見文章的某個部分。

「二十五歲，年收一千萬……」

這是騙人的吧……知名出版社果然不簡單……應屆畢業生工作三年薪水就這麼高嗎？而且，薪水一定還會繼續增加，每年都能越拿越多耶？根本就是人生勝利組嘛……

正當我吃驚到不能自已，身體不聽使喚地顫抖時，身後傳來一陣深呼吸的聲音。我轉過頭，發現一色左手扶著臉頰，露出甜美可人的笑容。

「我要跟編輯結婚。」

「不不等等冷靜點等等，我才要跟編輯結婚。」

「你才是該冷靜點……」

雪之下的無奈語調讓我回過神來。看來我確實有些亂了方寸。仔細想想，一千萬根本沒什麼大不了的。我可是八幡（八萬）呢，一千萬不過就是一百二十五個我而已，有什麼好驚訝的。如果這世界上有一百二十五個我，絕對足以把人煩到崩潰。結論，一千萬根本不算什麼！這世界上只要有一個我就好了，獨行俠只有孤獨一人，才能展現價值！

我用一長串莫名其妙的歪理說服自己，一旁的由比濱也喃喃自語。

「嗯……編輯……編輯嗎……嗯嗯……」

「有目標本身不是一件好事嗎？我也是每天都朝著目標努力呢。」

「目標，是嗎……」

我被這個不像是一色會掛在嘴邊的辭彙吸引，投以她訝異的目光。一色將食指抵在下巴，裝模作樣地歪了歪頭。

「我的目標，當然是認真工作幾年，然後離職結婚去囉。」

「這裡面有什麼需要努力的……」

雪之下的話中夾雜嘆息。一色聞言，嘟起她的雙脣。

「因為，人家不怎麼擅長念書，也沒有什麼特別想做的事……」

「我懂，因為我也是這樣……」

由比濱失落地垂下雙肩，一色對著她蜷曲的身體說了聲「對吧～」，接著像是突然想起什麼，抬頭看向雪之下。

「啊，不過雪之下學姐比較像是勤奮工作類型的人呢。」

毫無預警之下被點到名，雪之下訝異地用力眨了眨眼。

「我……」

她大概沒料到話題突然轉向自己，一時為之語塞，微微張開的雙脣像是要說什麼，卻又馬上閉起。

她垂下雙眼，修長的睫毛於空中畫出一道弧線，頭髮也自後頸滑落。我偷瞧了一眼她的後頸，自髮間隱約露出的白皙肌膚，讓我瞬間忘了呼吸。

雪之下優雅地放在裙子上的手稍微動了一下，一點一點地握住指尖。

「誰知道呢？雖然我以前的確是這麼認為……現在，就不知道了。」

她抬起頭來，臉上浮現略帶靦腆的微笑。

「我想也是啦～畢竟還是很久以後的事。」

一色一派輕鬆地回答，卻沒有人附和她的話。

大概是因為，我和由比濱都沒有在聽她說話。

畢竟，雪之下的回答讓我們有些意外。

關於將來的人生規劃，的確沒有幾個高中生能明確回答。

然而，我們都自然而然地認為，雪之下一定有在認真考慮自己的未來。雖然這可能只是我們擅自加在雪之下身上的幻想，但某種難以名狀的不自然感，依然在我心中糾結不散。

我撐著臉頰，斜眼看雪之下，她注意到我的視線，也露出不解的神情看了過來。我對著她疑問的眼神輕輕搖頭，表示「什麼事也沒有」。雪之下見了，也點了點頭。

……就算是雪之下，也只是個高中二年級的學生，無法對自己的未來下決定，並不是什麼奇怪的事情。如果她因為還沒想好將來的路，而不回答得太明確，也是可以理解的。

我得出這個結論，消除心中的不自然感後，將視線移回正前方。結果，正好和雙手抱胸、喃喃自語的材木座四目相交。

「那，八幡的目標呢？」

「嗯？我嗎？」

「像自閉男那種人，你問了也是白問……」

由比濱用冰冷的視線看過來，我也點頭同意。

「那個，基本上是家庭主夫吧。」

「果然白問了……」

「你啊，還是去查一下『基本』是什麼意思吧……」

由比濱低頭深深嘆一口氣，雪之下則是閉上雙眼，按住自己的太陽穴。這時，一色從後方拍拍我的肩膀，我轉過頭，便看見她帶著閃閃發亮的雙眼，像是要說悄悄話般地將手放在嘴邊，往我的耳朵靠過來。

「學長，推薦你去當編輯喔，編輯！」

「才不當，絕對不工作，死也不就業。」

我為了躲開她身上淡淡的香水氣味，以及令人發癢的吐息，只能側開身子回答。

「要成為編輯可不是件簡單的事吧。雖然從現在開始努力的話，結果可能會不一樣。」

「唔姆，得從現在開始努力好幾年嗎……好痛苦啊……」

材木座低聲哀號著「NO～」，抱頭呻吟了一會兒，接著突然瞪大雙眼，挺直背桿，大聲吶喊。

「……果然還是輕小說作家最好當！輕小說作家才是第一名啦！走吧八幡，我們可沒有時間在這摸魚了！趕快開始著手新作品吧！」

話才說完，材木座就朝著社辦大門奔跑而去，經過門口時忽然停下，轉身朝我望過來。

「八幡～快點快點！」

材木座跳著對我招手的模樣，怎麼看都像是令人不快的可疑人物。但是說也不可思議，看著他那麼開心的樣子，我的臉上不禁浮現微笑。

「你就陪他去吧？」

「對啊。」

雪之下和由比濱兩人苦笑著說道。

「……也是啦，畢竟這是我負責的委託嘛。」

我用這句話讓自己死心，然後從位子上起身。

另一方面，伊呂波則是喀噠喀噠地敲打鍵盤，不知道在查什麼。

「製作免費情報誌，好像還滿簡單的耶～」

妳對材木座還真是一點也不關心……

× × ×

從窗邊的位子望出去，是一片湛藍、萬里無雲的天空。奇怪的是，這片晴空不帶什麼暖意，反而予人寒冷的感覺。又或者，這只是圖書館內不帶任何雜音的環境所致。

放學後的圖書館內寂靜無聲，除了我們便沒有其他人在。借書櫃檯的後方應該有幾名館員，但他們也沒有要出來的樣子。

坐在我斜前方的材木座，剛剛還拿著自動鉛筆在筆記本上拚命寫著，不知道什麼時候，他的手已經停了下來。

他大概是鬥志已經燃燒殆盡，或是腦汁已經絞盡而開始發呆，不經意地開口：

「唔姆，當輕小說作家果然不是個好主意吧……又不能跟聲優結婚。」

「不，你一定要跟聲優結婚的話，絕大多數的職業都出局了啊……編輯也一樣。」

「是嗎？輕小說作家也不行，編輯也不行……」

「咻鏘——」材木座沉吟了好一陣子後，雙眼猛地發出光芒，發出奇怪的聲音從位子上站起。

「我知道了！這樣的話，現在就是動畫監督的時代了！我以甜甜圈發誓，絕對要成為名監督！（註17）」
「……算了啦，只要你能幸福就好。」
材木座聞言，眼睛睜得有如銅鈴大，不停地眨啊眨的。
「那、那句像是前男友才會說的話是怎麼回事……喂，別、別這樣，我們不是那種關係吧……」
「你在那裡臉紅心跳個什麼勁，噁心死了，給我閉嘴！真是受不了你這個白痴。總之趕快寫啦，你難不成想在這過夜？」
「唔。說得也是……沒辦法，動筆吧。」
材木座身上早已不見稍早亂吼亂叫時的氣勢，他縮起肩膀，意志消沉地開始在筆記本上塗塗寫寫。喲，看來這傢伙還是有寫輕小說的意思嘛，真令人意外。
就算是看似毫無長進，只會逃避和繞遠路的材木座，也正一點一點地改變自己，向目標邁進著。雖然就把「跟聲優結婚」當成終極目標這點而言，還是一樣無可救藥。
即便如此，只要持續努力下去，能夠獨立自主的日子總會來臨，如同一字一句堆積起來的小說，終有一日能夠完成。
距離我高中畢業還有一年。假設我能夠考上大學並順利畢業，那麼距離我出社

註17　出自《SHIROBAKO》，甜甜圈為貫穿整部作品的元素之一。作中角色「木下誠一」的配音員與材木座為同一人。

會的時間，則是還有五年。

五年。

這段期間看似漫長又無目的，但又好像一轉眼便消逝。隨著人的成長，「一年」的體感長度也會變得越來越短吧。也許今年和明年比較起來，感覺上就不一樣長了。

不僅是長度，它們的價值也絕對不同。

或許，就算只是一段望著天空發呆的時間，也有其存在價值。

所以，現在就暫且讓我仰望這片乾裂美麗的寒空吧。

有部

本座義輝大概會找到連自己也能勝任的簡單工作。

2 一色伊呂波一定是用糖和香料以及一切美好事物所構成的

電暖爐傳來一陣陣刺耳的噪音。

置於社辦角落的電暖爐已經一把年紀，不知道是風扇卡住了，馬達有問題，還是框架歪掉的關係，運轉時間一長就開始鬼吼鬼叫。

放學之後，時間只要一接近黃昏，侍奉社的這臺電暖爐就會開始發出細微的震動聲響，提醒我們社團時間即將結束。

儘管如此，當我集中精神讀書，或由比濱和雪之下聊天時，便不容易察覺這股噪音。只是，當社辦內安靜下來，噪音又馬上變得明顯。

翻閱著文庫本的雪之下停下她的手，看了一眼窗邊的電暖爐。看來她也頗在意這股噪音。

「總覺得今天有點安靜呢。」

「是啊～感覺滿平和的。」

把玩著手機的由比濱將手伸向馬克杯，我也跟著拿起茶杯，將涼掉的紅茶一飲而盡。

我與她同時滿足地嘆了口氣後，社辦內再次陷入寧靜，惱人的震動聲響又開始於耳邊繚繞。這下連由比濱也開始在意起來，往電暖爐的方向瞄一眼。

大概是因為一色最近太常跑來社辦，導致我們一直沒有注意到這股噪音。

我不是在抱怨一色很吵很煩怎麼老是有說不完的話難道得了不說話就會死的病，如果她沒出現在社辦，大家頂多把注意力移到其他地方上就是。說起來，只要一色來到這間社辦，麻煩的委託通常也會跟著一起出現，搞得社辦內一陣兵荒馬亂，無暇留意電暖爐的噪音也是很正常的。

這間社辦，已經許久沒有如此寧靜。

我喝著暖呼呼的紅茶，吃著美味的點心，聆聽沉著穩靜和活潑明朗的兩種嗓音交談，埋首於手中的文庫本，偶爾插上兩三句話。

沒有訪客，沒有工作，有的只是一股悠哉的氛圍。對於過久這種日子的人而言，當然沒有什麼好稀奇，但我可是許久沒有享受到這樣的日常了。多虧如此，電暖爐傳來的陣陣聲響，有如午後陣雨於屋簷敲出的節奏，聽起來也滿詩情畫意的。

我闔上書本，聽著電暖爐的震動聲，抬頭望向窗外。

正當我欣賞著被晚霞映紅的天空，雪之下開口說道：

「今天就到這裡為止吧。」

「也好，反正大概不會有人來了。」

由比濱回答後，小小說一聲「最後一片餅乾，我接收囉」，就著手收拾起桌上吃剩的茶點。

我與雪之下迅速將書包整理完畢，逐一檢查門窗是否關好，順便將電暖爐關閉。

「辛苦啦。」

向電暖爐道別後，我按下電源開關，震動聲隨之停止。寒冷的日子還要持續一段時間，看來還是早點請平塚老師報修比較好。

三人穿上外套，圍起圍巾，整理完服裝後，移動至社辦外的走廊。雪之下拿出鑰匙，將社辦的大門鎖上。

今天的社團活動，在此宣告結束。

終於能夠下班，接下來便是踏上回家之路。一行人離開社辦，走在特別大樓的走廊上，由比濱此時打起哆嗦，將外套左右拉緊。

「……超冷！走廊超冷！」

整條長廊杳無人煙，光用看的就叫人發寒，冷冽的空氣也不停從腳下往身上竄。我將脖子上的圍巾再一次拉緊。

「因為社辦太暖和啦，相較之下當然會覺得走廊很冷。」

「而且走廊上也沒有裝暖氣。」

雪之下邁開大步迅速前進，彷彿在暗示由比濱早點放棄比較實際。於一旁跟著的由比濱伸手撫摸自己的圍巾，似乎在想些什麼。

「嗯……啊，對了！」

她話一說完，馬上緊緊抱住雪之下的手臂。

「這樣就不會冷了！」

「等、等一下，由比濱同學……」

雪之下重心不穩，身子搖晃了一下，然後轉頭對由比濱投以抗議的眼神，口氣聽起來也略為尖銳。但是，當她看見由比濱暖烘烘的幸福表情，也只能放棄抵抗，深深地嘆了一口氣。

「……喔～好暖和喔！」

「好難走路……」

由比濱這麼做當然沒辦法改變實際溫度，然而體感溫度倒是提升了不少。我光是看著這兩人的互動，就感到身子暖和起來了呢！

一行人前往教職員辦公室歸還鑰匙後，由比濱仍緊抱著雪之下不放。

我跟在打得火熱的兩人後面，往大樓出入口前進。經過學生會辦公室時，某張熟悉的面孔正好從門後探了出來。

「咦？是伊呂波耶。嗨囉——」

由比濱右手繼續抓著雪之下，舉起左手向一色打招呼。一色注意到我們，馬上小跑步過來。

「啊～大家好。你們都還在，真是太好了～」

「我們已經要回去了。」

雪之下維持被抓著的姿勢說道。這副模樣若是被其他人瞧見，我看對方絕對會產生奇妙的遐想。不過，一色大概早已習慣這種場景，她絲毫不受影響，一派自然地回答雪之下。

「我事情也辦得差不多了，正打算去你們那裡看一下～」

「有什麼事情嗎？」

「是滴～」

一色點點頭，瞄了瞄雪之下與由比濱，然後對我招手，壓低音量開口：

「學長～方便借一點時間嗎？」

「咦？啊……是可以，那麼……」

我以眼神示意雪之下和由比濱先走，她們點頭回應後，一色便抓起我的袖子，將我帶至走廊底端的窗邊。

窗外天空染成淡淡的黃昏色，北風吹得窗戶喀噠作響，聽在耳裡更是增添一股寒意。一色背對窗戶，以含蓄的口吻繼續剛剛的話題。

「那個，先前麻煩學長的工作，學長考慮得怎麼樣了？我想要趕快做決定……」

「喔，好啊。交給我。我再幫忙想辦法。」

「工作」一詞傳進我的耳裡，我便下意識表現出社畜特有的行為——裝出一副空有幹勁的模樣打太極，企圖蒙混過關。什麼時候不講，偏要挑下班時間跟我講工作的事……侍奉社今天已經打烊啦，天氣又這麼冷，我可想早點回家，還請妳另外挑個時間再來。

我隨口應付個幾句後，轉身打算離去。這時，背後再度傳來一色的聲音。

「是嗎？那麼，我們約明天早上十點在千葉車站碰面，可以嗎——？」

「咦，明天？」

我不自覺轉頭望向一色。

明天就是週末了。比企谷家採行完全週休二日制，因此放假的時候就是放假，沒有第二句話。然而，侍奉社並非「完全週休二日制」，而是「週休二日制」。換句話說，若是侍奉社的話，只要上面一聲令下，就算是週末也得出勤，容不得半句怨言……咦，這樣根本算不上週休二日吧？侍奉社的活動內容未免太血汗……

「呃，明天我有點……」

為了保住自己珍貴的假日，我只得想辦法隨口掰些理由，祈禱她能放我一馬。

一色聞言，將食指擺在下巴，歪了歪頭。

「可是，明天應該有空吧——？」

「妳問我我問誰，有沒有空妳自己最清楚吧……」

我一直很想問，為何每次一色跟我說話時，都要假設我什麼都知道？妳忙還是

閒我才不知道，也懶得知道咧。我才不是無所不知，只是剛好知道罷了。（註18）

一色聽了，裝模作樣地鼓起臉頰。

「我是說學長啦。」

「啊，原來是在說我……等等，這也不大對吧？妳怎麼知道我閒還是不閒。雖然我的確是閒著……」

「果然如此～那明天就萬事拜託了，我很期待學長大顯身手喔！就這樣！」

「喔、喔……」

一色露出甜美可人的微笑，對我揮一揮衣袖，不帶走一片雲彩。討厭啦～這位太太，您看看伊呂波臉上的表情！那百分之百是不允許我提問或確認的意思，更不用說是拒絕！

話說回來，我之前跟她約定過什麼嗎……就「工作」一詞推敲，應該是她又跑來拜託我幫忙什麼了吧……糟糕，我還真的一點印象也沒有……

由於一色的笑容散發出無形的魄力，我只好放棄抵抗，轉身繼續踏上歸途。走了幾步路後，我又偷偷轉頭瞄了一色幾眼，只見她仍然站在窗邊，對著我繼續揮手。

唉，我很清楚自己的個性，大概是我之前為了敷衍她而隨口答應了什麼，就像剛才又不小心答應明天幫她的忙那樣吧。

話說回來，「工作」的內容到底是什麼……我將整張臉埋進圍巾裡，一邊發出奇

註18《化物語》角色「羽川翼」的口頭禪。

怪的聲音，一邊左想右想，卻怎麼也想不起來。

我歪著頭思考，走到大門口鞋櫃附近，便看見由比濱和雪之下正站著聊天。看來她們兩人一直在等我。

「啊——不好意思，其實妳們可以先走……」

由比濱聽見我的聲音，猛然轉過身子，手被勾著的雪之下還被她一併拉了過來，看起來就像一隻好動的小狗拖著主人到處亂跑。

「也沒有啦，我在跟小雪乃聊天，就……對吧？」

「……沒錯。」

雪之下撇開她的臉，舉動像是隻被人抱起而一臉不情願的貓。

「是嗎？總之，那個……謝啦。」

我表示謝意，兩人也點了點頭。她們硬是裝出不在乎的模樣令我感到有些害臊，於是我匆匆換上皮鞋，快步走出校舍。

太陽已經西沉，外頭一片昏暗。雖說立春時節將近，一天的白日時分依舊短暫。

我往校門走去，由比濱這時快步走到我的身旁。

「伊呂波剛剛說了些什麼啊？」

「我也有聽沒有懂……好像是工作的事情。」

「你有解釋等於沒解釋……」

隨後跟上的雪之下帶著微笑，語氣聽起來有些無奈。

工作這回事往往不就是如此？上頭的人從來不會詳細交代內容，一切都只能靠自己領悟。至今為止的侍奉社活動，也從來沒有人為我們做過事前說明……如果能夠事先得知工作的詳細內容，很多事情就不會這麼難解決了。所以說，據實報告工作事項，確實做好定期聯絡，遇上不懂的問題，則不忘與上頭商量——以上三點非常重要。

反過來說，只要能確實做到以上三點，即使把工作放著不管都不成問題。如果上頭有怨言的話，反過來飆個一句「我不是都有報告、聯絡和商量嗎」，也許就不會被追究責任了呢！

好，明天的工作也比照辦理，就這樣打混過去吧！

× × ×

冬日的太陽高掛在空，千葉車站前人來人往，顯得生氣蓬勃。

雖然跟東京都中心比起來還差得遠，但對於假日不常出門的我而言，這般擁擠程度已經足夠讓人崩潰。

我側眼瞥著來往人群，確認現在時刻：十點五分。

時間已經超過五分鐘，一色卻仍然不見蹤影。我雖然很想打手機問她人到底在哪，可惜手上沒有她的電話號碼。

一般人若約在車站碰面，通常是指我現在待著的東側出口，不過她也有可能跑去西側了……不，搞不好還跑到京成千葉站去。京成千葉站以前叫作國鐵千葉站前站，念起來落落長一串，確實容易讓人混淆……除此之外，還有西千葉、東千葉、本千葉、千葉港、千葉公園、千葉中央、千葉新市鎮等車站存在……為什麼每座車站都想在名稱裡塞進「千葉」兩個字啊？而且路線又這麼複雜，對外地人未免太不友善。

當一位千葉縣民或千葉市民說「我要去千葉」，那他的意思百分之百是「我要去千葉車站附近」。其他地區的人大概無法理解這種語感吧。畢竟，如果是個北海道人說「我要去北海道」，聽在別人耳裡一定會覺得莫名其妙；再換成東京都人說出「我要去東京」之類的話，則會讓人覺得他其實是要去追尋夢想，成就一番大事業。

綜上所述，集合地點應該是這邊，不會有錯——我於心中堅定自己的想法，並且原地踏步，讓身子暖和些。這時，我終於在人潮裡發現一色。

一色身上穿著米色系風衣，前襟的鈕扣全部緊扣，脖子上還圍了條皮草風格的圍巾。百褶裙的長度雖然短了些，但她也穿了雙高跟靴，想必不會太冷。

她注意到我，快步走到我的身旁，鞋跟發出清脆聲響。她重新調整圍巾位置，撥了撥自己的瀏海，然後抬起頭。

「不好意思，讓學長久等了，我稍微花了點時間準備……」

「妳才知道，我真的等了很久。」

伊呂波真的很慢耶～（註19）我故作不滿，對著一色抱怨，對方則是鼓起臉頰，一副賭氣的樣子說道：

「這種時候不是該回『不，我也才剛到』嗎……我們接下來可是要去約會喔。」

「……約會？」

一個令人感到陌生的名詞……印象中，「約會」是一種為了安撫三不五時暴走的女性精靈而舉行的儀式，最後還得與對方展開戰鬥的樣子（註20）。沒啦，戰鬥是說笑的。一般而言，約會指的就是男女一同出遊嘛。

但是，我為什麼突然要跟一色一同出遊──大概是我心裡的疑問都顯現在臉上，一色擺出「真拿你沒辦法」的表情，雙手扠腰，小聲嘆了口氣。

「之前學長不是說過，要幫忙我規劃約會行程的嗎？」

「……啊──」

說起來好像真有這麼一回事。沒想到一色是認真的！我確實是隨口說了「我想想看」之類的話……但那只是為了敷衍對方而已啊！嗚，居然被她抓住話柄！

「……那妳為什麼不一開始就說清楚。我也需要做點事前準備啊……」

例如硬是把自己的行程全部塞滿，然後跟她說沒時間；或是想辦法讓日子喬不攏，迫使行程無限延期；不然就是到了當天，肚子突然痛到無法出門──也罷，就

註19　模仿線上遊戲《艦隊收藏》角色「島風」的口頭禪，島風與一色的配音員為同一人。
註20　出自《約會大作戰》劇情內容。

算她一開始便把事情講清楚說明白，我想結果還是不會有什麼改變。話說回來，明明一直期待約好的日子趕快到來，到了當天卻總是湧現「還是別去算了，好麻煩……」的念頭——這種現象究竟是怎麼一回事？

我試圖做最後掙扎，卻產生不了效果，一色的態度絲毫沒有軟化。

「因為，如果用一般的方式約學長出門，學長就絕對不會出門嘛。」

「……妳說得沒錯。」

這傢伙不簡單喔，應該能輕鬆通過比企谷檢定考三級。

不管如何，被她抓住話中把柄是我的失策。事情都走到這一步了，總不能就這樣說聲再見，然後就地解散。這次是我考慮得不夠周延，隨口答應對方所造成，現在才反悔是很不負責任的行為。

那麼，迅速把事情解決，早點回家才是上策。

「我們出發吧。」

「好，走吧。」

一色這才點點頭，露出笑容。

「那麼，要去哪？」

聽見我說的話，一色的笑容瞬間蒙上陰霾。她深深地吐了一大口氣，然後噘起小嘴，看似十分不滿。

「馬上就把責任推給別人……我還以為學長會幫忙想呢。」

「我單獨行動時會先做好縝密且周詳的規劃，但是與他人一同行動時，基本上是跟在後面走的那一個。」

「算了，當我沒說……這裡好冷，我們邊走邊想吧！」

一色無奈地垂下雙肩，隨後立刻打起精神，重新圍好脖子上的圍巾，然後向前邁出步伐。哼哼，看來她已經逐漸能夠跟上我的節奏了。

話說回來，又是誰害我在這種冷死人的地方等了這麼久啊？

×　×　×

我們走在車站前的大道上，朝中央鬧區前進。

這一帶可以說是千葉的主要街道，一路上充滿各式各樣的餐廳、大賣場與遊樂設施。只要到了假日，這一帶便會被人潮擠得水洩不通。平日的傍晚，也常見到學生們在這逛街。我對這一帶可說是再熟悉不過了。

沿著大道往前直走，會到達我平時常去的地方。電影院、書店和遊樂場等設施，都集中於該地段內。

接著左轉，就能看見ＰＡＲＣＯ百貨。若要來千葉逛街，那裡可是必踩的地點之一。似乎有不少人和我的想法一樣，整條大道上人來人往，好不熱鬧。

就算是條走習慣的路，身邊多了一位女孩子，感覺便不太一樣。兩人並肩走在一起當然最為自然，但是我的腳步就是會不自覺加快，稍不留神就不小心把一色丟在後頭。我試著緩慢吐氣，平穩自己的心情，叮嚀自己步伐要比平時再慢一點，走在一色前方半步處。

我左右避開人群前進時，後方的一色忽然加快腳步，來到我的旁邊。接著，她稍微前傾上半身，抬起眼睛看過來。

「學長，你平時最常去哪些地方呢？」

「自己家。」

「駁回。」

「喔，好……」

一色的語調變得比平時尖銳，還稍微瞪了我一眼，好可怕喔。我清了清喉嚨，改口重新說道：

「圖書館和書店吧。可以在裡面盡情打發時間，而且也不會無聊。」

「圖書館約會……」

一色歪著頭喃喃自語，看向天空思考了一陣子後，低頭將視線放回我的身上。

「不好意思，那種地方感覺太過知性了，比較適合葉山學長，麻煩你選些比較不營養的地方吧？」

這個丫頭……就學校成績而言，我姑且也稱得上知性喔？算了，反正我也不是很想跟一色一起上圖書館。

我到現在還是有點緊張，這時若再跟她一起去比較寧靜的場所，絕對會更加坐立難安。這種感覺如同終於有假可放，想要好好放鬆一下的爸爸，卻被家裡的小孩子煩來煩去，心情可想而知。這樣說來，如果是和葉山一起上圖書館，也許我就能夠靜下心讀書呢——糟糕糟糕，我居然開始想像起自己和葉山在圖書館約會的樣子！要是被海老名知道，事情絕對會一發不可收拾！

總之，葉山和我們現在的行程無關，先把他放著不管。我絞盡腦汁，開始思考其他一般人會去的遊樂場所。

「那麼就是KTV、射飛鏢、撞球、保齡球跟桌球了吧……雖說棒球打擊場也不錯，不過千葉車站附近好像沒有……」

我以眼神詢問一色滿不滿意我列出的答案，她一臉認真地開口說道：

「雖然不是重點，不過我覺得學長一點也不適合打撞球呢。」

「要妳管。」

「啊，不過桌球就很適合學長喔！」

「就算妳補上這句話，我也不希罕……」

這傢伙是不是對桌球有偏見啊……明明是一項很帥氣的運動。妳知道有部作品叫作《乒乓》嗎？漫畫原作跟動畫都超讚的。

我和她一路鬥著嘴，不知不覺來到分支成五條道路的交叉路口，兩人被紅綠燈擋下。

這裡左轉便是PARCO，直走則能到達電影院。右邊沒有值得一逛的地方，所以就從前面兩者中挑一個吧。

「……總之先去看個電影吧？可以消磨掉至少兩小時。」

「為什麼要把消磨時間當作前提啊……算了，由學長決定吧……」

「那就決定是電影了。」

一色雖然有些不滿，但仍然同意這個決定，於是我們往前邁出步伐，朝電影院前進。

不愧是假日，電影院內人山人海，萬頭攢動。

我確認上映時間表和影廳空位時，身旁的一色舉起手，指了指某部好萊塢巨作的海報。海報一旁還註解著「奧斯卡獎入圍作品」。

「我想看這部。」

「那我就選這部吧。」

另一方面，我則是選了與奧斯卡之類的獎項無緣的電影。兩部電影的放映時間幾乎相同，我與她離開影廳的時間應該不會相差太多。

「決定一下會合地點吧。底下的星巴克如何？」

我打從出生開始，便沒有跟別人一起看電影的習慣，因此這種決定對我而言是理所當然。而且，我連電影的結束時間都考慮進去了，為什麼一色還要露出呆愣的表情？

「……咦，怎麼了嗎？」

一色聽見我的疑問，終於點點頭，似乎理解了什麼。

「原來如此。就是因為學長只會做這種決定，才會變成那樣。」

雖然我不清楚妳到底搞懂了什麼，但還是感謝妳的理解。一色無奈地嘆了口氣，將視線從電子看板上移開。就在此時，她停下目光，直盯著某個方向瞧。

我也往那個方向看去，原來是保齡球館的看板。看板底下還寫著與桌球相關的宣傳字眼。

一色確認完看板下方的宣傳字眼，轉頭往我看了過來。

「還是別看電影了，我們去打桌球吧？」

「是可以，不過妳那雙靴子沒問題嗎？」

我看著一色的靴子，開口問道。她先是頓了一下，低頭確認自己穿的高跟靴後，又抬頭看向我。

她的表情有些驚訝又有些困惑，半張著嘴的可愛模樣提醒了我：對方是個年紀比我小的女孩子。

「怎、怎麼了？」

她好像有什麼話想說，欲言又止。

「沒什麼……學長居然會留意這種小細節，挺意外的。」

「妳的視線高度和平常不一樣啊，不用特別留意也能知道。」

一色聽完我的回答，往前踏出一步，整個人貼到我的面前，似乎想確認是否真的如此。我往後退了一步，一色也皺起眉頭，再次往前逼近一步。這大概是叫我別動的意思吧。我上半身稍微後仰，一色也抬起她的頭，柔潤的小嘴微微張開。

「啊，真的呢。感覺比平時更近了。」

她的臉龐從來沒有如此靠近過，我看見眼前這對微笑的雙唇閃耀著妖豔的光澤，不禁吞了口口水。

我一時不知該如何是好，一色似乎也注意到距離太過靠近，臉頰染上一片暈紅，將視線移往別處。然後，她小心翼翼地往我看過來，像是為了掩飾自己的害羞，對我露出微笑。

「……沒差，鞋子現場借就行了。」

我避開一色的目光說道，轉身往保齡球館的方向前進。一色簡短應了聲「好」，搖搖擺擺地跟在我的身後。

這學妹有夠會裝可愛的……

但是，就算她的可愛是刻意裝的，也無法掩蓋她本來就可愛的事實，因此更加令我不知如何是好。

老實說，她臉蛋確實長得可愛；行為舉止雖然顯得刻意了些，但依然討人喜歡；再說到性格，雖然某些部分令人頭痛，但是她刻意表現出可愛模樣的精神本身，也不禁令人憐愛。

糟糕，這傢伙真的很可愛啊，可愛到若站在舞臺上大喊「我是各位的學園偶像——伊呂波喲！」也不會讓人覺得不自然……

然而，我很清楚她的目標不是自己，而是葉山隼人，所以還能保持一定程度的冷靜。如果是以前那個天真無邪的我，保證馬上就被對方奪走自己的心啦……

我趕緊於心中思念千葉的種種，再度喚醒心中的故鄉愛，心情也隨著冷靜下來。好險，如果我沒有打從心底愛著千葉，現在早已拜倒在伊呂波的石榴裙下了！感恩千葉，讚嘆千葉！

心情一冷靜下來，我也再度想起今天陪一色出門的目的——幫忙規劃她與葉山出遊時的行程。

穿過車站內的商店街，看見保齡球館之後，我轉頭向一色確認。

「話說回來，葉山有在打桌球嗎？另外找些時髦點的運動不是比較好？」

「就是這樣才好！若是去些葉山學長平常就會去的地方，不就沒辦法跟競爭對手拉開距離了嗎！」

「原來如此……」

她的話確實有道理。一色當前的競爭對手——例如三浦，應該不會邀葉山去打桌球，這麼做也許真能拉開一些距離。只是，那到底是因為領先還是落後而拉開的，我就沒把握了。搞不好對葉山而言，這根本無法構成拉開距離的條件……

總之，為了可愛的學妹，還是加把勁努力吧。

×　×　×

我們來到電影院附近的保齡球館，於入口處買好門票，走向位於角落的桌球桌。

我坐上一旁的皮革沙發，換上室內鞋。一色也坐到一旁，脫下風衣，將手伸向自己的高跟靴。

一色身上的粉紅色針織毛衣是比較合身的類型，含蓄地展露出身為一個女孩子的身體曲線，高腰裙也強調了她纖細的腰身。她以讓人捏一把冷汗的姿勢脫下靴子，隔著絲襪的小腿線條一覽無遺。

我的目光被她帶著一絲孩子氣的動作吸引過去，卻不小心和她對上眼神，只見一色歪頭朝我看了過來，彷彿在問「怎麼了嗎？」我當然不會承認，自己是被她妖豔的魅力與天真無邪的舉動之間的反差迷住，所以只是默默地搖了搖頭，遞出手上的球拍。

一色鞠躬道謝，接過球拍後，當成扇子搧來搧去，並且至球桌前站定。

「我上一次打桌球，是國中的體育課呢。」

「等妳升上三年級，就可以自己決定體育課要修什麼了。」

我也移動到一色的對面。她捲起毛衣袖子，舉起球拍指向我的鼻頭，還浮現一抹自信的笑容。

「那麼，如果我贏了的話，學長要請我吃飯喔？」

「賭午餐嗎……我是沒差。」

我將手中的乒乓球扔給一色。既然要比賽的話，賭點東西想必更能炒熱氣氛。她將彈過去的乒乓球一把抓住，然後舉起球拍。

「那就決定囉！由我先開始──嘿。」

伴隨著一色沒勁的叫喊聲，乒乓球有氣無力地彈了過來。

「呼。」

我不另外施加力道，揮拍將眼前的乒乓球推回去。乒乓球巧妙地落到一色的正前方，並彈起至剛剛好的高度。她又「嘿」地一聲，將球打回來。

兩人乒乓乒乓地對打了好一段時間。

乒乓球的彈跳聲讓我產生一股懷念之情。以前跟家人去泡溫泉時，我也常常跟小町打桌球呢。為了小町，我可是練就一身營造雙方實力不相上下的拉鋸戰功夫，「招待桌球」對我而言不是什麼問題。跟她一起玩瑪利歐賽車或魔法氣泡時，我也會不自覺啟動招待模式。誰叫小町一輸就擺起臭臉……

我以跟小町打桌球時的要領，盡量將球打回一色容易接的位置。

「哈！」

「嘿。」

一色不停發出沒勁的喊聲，乒乓球也持續在球桌上來回。看來我的哥哥一百零八招之一──「妹妹招待對打」尚未生疏呢。

一開始提心吊膽，深怕接不到球的一色，似乎也逐漸習慣，開始抓到感覺。看來她多少能享受一下桌球的樂趣了——正當我這麼想著，一色的瞳孔突然閃過詭異的光芒。

她雙眼緊盯浮在空中的球，向前踏出一步，將球拍高高舉起，然後用力一揮。

「去死吧！」

「等等，哪有人打球會那樣喊的……」

乒乓球發出響亮的聲音，於空中畫出長長的拋物線，然後消失在遙遠的另一頭。球明明出界了，為什麼她能夠如此志得意滿，還擺出一副「知道厲害了吧！」的笑容啊？桌球的規則裡才沒有全壘打這回事。

我將乒乓球撿回來，繼續跟一色對打。雖然這次輪到我發球，但由於我的一個小失誤，發球權又落到一色的手上。

「那換我發球囉。」

一色拿起乒乓球在桌上彈了幾下，然後擺出發球的姿勢。不過，她不知注意到什麼，開始東張西望，舉手示意我等一下。

「啊，學長暫停、暫——看招！」

一色上一秒還叫人暫停，下一秒卻突然全力把球殺過來。不過，這種程度的花招可沒辦法騙過我。我冷靜地移動至乒乓球前方，反手把球殺了回去。

「……妳還太嫩了。」

小時候打乒乓球時，老爸總是用這種招式對付我；我為了洩憤，又把相同的招式用在小町身上，結果還被對方討厭！你可別小看比企谷家糟糕的遺傳基因啊！當時年紀還小的小町大聲哭喊「我不要和哥哥打桌球了啦！」的模樣，老實說挺惹人憐愛的……

不過，一色也不是小孩子了，我轉頭看向詭計被識破的一色，只見她不甘心地緊咬下唇。

「可惡……」

「妳如果要耍這種花招，那我也不得不使出全力啦……」

我將外套脫下甩至一旁，兩隻腳把地板踩得嘰吱作響，擺出桌球選手特有的架勢。一色見狀，揮舞手上的球拍大聲抗議。

「學、學長也太小孩子氣了吧！」

「這句話我原封不動還給妳……輪到我發球了，開始囉。」

和剛剛的招待對打不同，我瞄準球桌的角落，使出吃奶的力氣發球。一色雖然嘴上抱怨著，卻沒有放棄的打算。她簡短吐了口氣後，擺出接球的姿勢。

「嘿呀！」

她大大揮了個空，裙子也隨著飄揚起來。糟糕，差點忘記她今天穿的是裙子……還是把球速壓低好了……

之後，雖然我切換回以往的放水模式和一色對打，方才那番景象卻一直於腦海裡浮現，視線不自覺被翩翩起舞的裙襬吸引而去。

嗚！太卑鄙了吧！

你問我是什麼卑鄙？當然是這張球桌啊！都是這張爛桌子擋住視線，害我什麼也看不到！這運動根本設計不良！如果有人研發出檯面透明的球桌，絕對會掀起熱潮。乾脆由我來研發，靠這個賺大錢好了。

也許是我一直胡思亂想的關係，又或者一色的裙子迷惑了我的雙眼，我不斷犯下失誤，一色的分數也開始急起直追。

她喘了口氣，從包包拿出小手帕，一面輕輕地擦拭汗水，一面扳起手指，算起比賽分數。

「那個，學長現在是八分，我的分數是一、二、三、四……學長，現在幾點了？」

我雖然隱約感到其中有詐，還是看了一眼牆上的時鐘。

「剛好十一點整。」

「這樣嗎。啊，我的分數是十二、十三……」

「妳的分數是六分啦，六分！」

居然還用上《時蕎麥麵》（註21）的段子，這傢伙也真夠明目張膽的。話說回來，

註21　日本落語著名題材之一，內容描寫吃蕎麥麵的客人於結帳算錢時耍小聰明，騙老闆少算一塊錢。

沒想到一色居然懂古典落語呢，我要對她另眼相看囉。

一色見伎倆被戳破，擺出不滿的表情，臉頰脹得圓鼓鼓的。妳就算耍賴也沒用啦。

「我要發球囉。」

我在速度上手下留情，但選了個刁鑽的球路，將球發向一色不好接的位置。一色連忙追到球桌角落，然而乒乓球還是無情地正中桌角邊緣，發出清脆的聲響彈了出去。

一色看著乒乓球遠去，然後轉過身來，對我露出微笑。

「啊，球出界了，所以是我得分。」

「出界的話，乒乓球才不會彈走，也不會發出聲音……」

說謊還真是面不改色啊，這傢伙……從剛剛開始就淨耍些小手段，特別是那個……那個裙子啦，真的太卑鄙了！

比賽繼續進行，主要是由我得分，偶而因為一色的裙子而被拿下一分，兩人一來一往，最後總算分出勝負。

結果，我獲得壓倒性的勝利。

比賽終於結束，我與她一屁股坐上一旁的沙發休息。大概是太久沒打桌球了，我的呼吸還有些急促。

另一方面，一色似乎受到不小的打擊，她垂著肩膀，顯得有些無精打采……妳

還差得遠呢！（註22）

「……所以，比賽是我贏了吧？」

我開口向一色確認，她勉為其難的點了點頭。

「沒辦法……這次就算學長贏吧……」

雖然一色在比賽中小動作頻頻，沒想到意外地服輸呢。如果換成某位不服輸的傢伙，大概到贏為止都不會放下手上的球拍吧。

我不是會計較比賽輸贏的人，但贏球的感覺當然也不賴，於是嘴角不自覺地翹了起來。然而，看見一色垂頭喪氣的模樣，我還是將放聲大笑的念頭忍了下來。

「那午餐就靠妳囉。」

我以咳嗽掩飾臉上笑容，裝出輕鬆的口吻說道。下一秒，一色低著頭，肩膀開始顫抖。咦……我不小心惹她哭了嗎？咦、呃，這下不妙了……

正當我驚慌失措，耳邊傳來她低沉的笑聲。

「……呵呵呵。」

定神一瞧，只見一色抬起頭，對我露出笑容。

「怎、怎麼了？」

我開口問道，一色雙手扠腰，伸出一隻手指著我，還擺出得意的表情。

「我雖然說過『我贏了學長就請客』，但可從沒說過『學長贏了我就請客』喔。」

註22《網球王子》角色「越前龍馬」的口頭禪。

這傢伙又在說什麼鬼話……我一臉訝異地瞪著她，開始回想比賽前說過的話……咦？

「……還真的。」

的確，一色從沒說過我贏了的話要怎麼做……這招不簡單喔，偷學一下好了。下次跟小町打賭時就用這招吧。一想到事隔許久又能再次被小町討厭，我就按捺不住在心中高揚的這股激動——話說回來，一色這傢伙還真是極盡卑鄙之能事，完全敗給她了。

「我本來就沒打算讓妳請，所以沒差，但妳不覺得自己有點狡猾過頭嗎……」

一色只是一副毫不在乎的樣子。不過，臉上倒是露出一股柔和的笑容。

她將手放上胸口，身體略往前傾，朝我的臉靠了過來，眼中還藏著一絲捉弄的神色。

「個性狡猾一點，才像女孩子啊。」

「是這樣嗎……」

儘管對一色的話感到沒轍，但我也不可思議地被說服了。印象中《鵝媽媽童謠》裡有首歌是這麼唱：女孩子是用糖、香料，以及一切美好事物構成的。

這句話用在一色身上，真是再合適不過。雖然我覺得用在她身上的香料量有些過多了。

「……妳高興就好。不過要知道，這理論可不是對所有男生都行得通。尤其是剛剛那種做法。」

沒錯，世上就是有些男生對勝負特別執著，跟朋友打牌看到對方輸掉而惱羞成怒，還會群起指著他說「潮爽 der～」然後哈哈大笑。

不過，我相信葉山和戶部一夥人不會介意她的這種態度，而且就一色的容貌和溝通能力而言，大部分的人都不會介意才是。真要說的話，不是連我都不介意了嗎！

一色似乎理解了我要表達的意思，露出恍然大悟的表情，迅速左右搖動她的手。

「不會啦不會啦我當然不會在葉山學長面前這麼做要是被討厭了怎麼辦？」

「……我倒覺得，葉山反而喜歡妳那套方法。」

「真的假的學長哪來的情報？」

「沒有什麼情報來源！」

一色突然把上半身靠過來，我只能將身子稍微往旁邊移。她將雙臂交疊於胸前，開始思考。

「那就不能輕易相信呢……還是先不要真的做好了。」

「妳不用太過焦急啦，那傢伙暫時還沒有……」

我話說到一半，卻被一色靠過來的動作打斷。

「所以，目前暫且就──」

一色說到這，突然將雙脣湊到我的耳邊，像是要訴說祕密。

她輕聲吐出一句滿是砂糖及香料的話語。

「——只對學長這麼做喔。」

「……這句話也能解釋成『就算被我討厭了也沒差』，不是嗎……」

我將上半身往後仰，開口回答。一色笑了出來。

無論上面灑滿多少砂糖，暴君辣椒依然是暴君辣椒。墨西哥辣椒醬也不會因為塗滿糖漿，就改變它是墨西哥辣椒醬的事實。

若沒有美好的事物，一切便無法成立。

× × ×

適度運動過後，肚子就餓了起來。

我們走出保齡球館，身旁的一色拍了拍我的肩膀。

「學長會不會餓啊？」

「嗯，有點。我們去吃點東西吧。」

「好。」

我轉頭看向一色，她便對我露出微笑，接著一句話也不說，只是保持臉上的笑容。

……難不成，是我必須說出「那個問題」的時候了嗎……

我下定決心，說出那句通關密語：

「……妳想吃什麼？」

「都可以！」

出、出現啦～！被問到想吃什麼時只會回答「都可以」的傢伙～！

我曾經聽說過，女生會依男生的提案內容打分數。身為男生還真夠可憐的……

不過，請容我在這裡說上一句。

男生若明白自己不是只被女生挑選，同時也在挑選女生，說不定就是成功的祕訣。

我要送給大家一句話。

「當你凝視著深淵時，深淵也正凝視著你。」（尼采）

……糟糕，都怪前一陣子看的「絕對榜首！健健的出版社求職『成功』經驗談！」倏地浮現於腦海，讓我一不小心「菁英」了起來……還是趕快打起精神面對現實吧。

如果是以前的我被一色這樣問，當下絕對會憤怒到變身成超級賽亞人，但是現在的我可不一樣。經過許多歷練的洗禮後，現在的我可是成熟許多。

「那麼，去吃 pasta 吧？還是 arrabbiata（註23）？或是 tagliata 比較好？」

「不都是義大利麵嗎……」

註23 香辣茄醬斜管麵，是 pasta（義式麵食統稱）的一種。

「tagliata 不是義大利麵喔。」

印象中，tagliata 是一種將牛肉切成薄片的料理。

一色似乎對我的耍嘴皮子感到不滿，眉毛抽動了一下，不過臉上仍保持笑容，這讓我滿佩服的。

話雖如此，她的心裡肯定很火大，所以又小聲抱怨：

「……人家早就知道啦，不過學長個性真的很壞耶。」

「妳也差不多。」

一色聽我這麼反駁，將食指放在下顎，歪頭做出「我聽不懂你在說什麼」的可愛表情。

「大家常說我個性很好耶？」

能夠眼睛眨也不眨地說出這種話，心靈的確很堅強……好吧，「心靈堅強」算是一種好個性沒錯……她的內心搞不好比日本足球代表隊還要堅強。

繼續在大道上漫步的同時，我不斷思考能用餐的好地方。

「都可以的話……『薩莉亞』如何？」

一色搖搖頭說「不要」。妳不是說都可以嗎……看來我還是得猜一下她的偏好。

我於此宣布「美食大猜謎之伊呂波的午餐」特別節目正式開始。沒有消去法，沒有 call-in，沒有 call-out，一切自己看著辦。

「那麼『Jolly-Pasta』如何？」

一色只是別開她的臉。這個答案也不行……

「好啦，不然就去『Pasta 壁之穴』，我只能讓步到這裡囉。」

一色歪頭露出「Pardon?」的表情。嗚嗚，還有哪些店家是賣義大利麵的啊……

「卡、『卡布里喬莎』可以接受嗎？」

一色終於張開嘴巴，長長地嘆出一口氣。答題時間結束。在此公布挑戰者總得分，八幡——零分！

「真虧學長能舉出這麼多義大利麵的店家……我是說真的啦，去學長想去的店就好。」

「真的嗎？不是義大利麵或酪梨也沒關係？」

「學長到底是怎麼看待我的啊……」

一色似乎有些不爽，稍微瞪了我一眼。

在我的印象中，義大利麵、酪梨跟蝦子都頗受女生歡迎的……柯布沙拉義大利麵就是最好的例子，女孩子們都愛這一味。

雖然一色說去我想去的店就好，但是我剛剛提的薩利亞不就被否決掉了嗎。為了保險起見，我還是再確認一次為妙。

「真的可以嗎？不是在試探我？」

一色聽了，抬頭看向遠方，像是在思考什麼。

「……如果是平常的話，我的確會想試探一下。」

平常還真的有在做……伊呂波好可怕喔。

「不過，今天去吃學長平常吃的東西沒關係。」

……好家在，我說得出的義大利麵店只剩下「Tapas & Tapas」一家，千葉車站附近還沒有它們的分店。

照這樣看，也許真的該帶一色去我平時常去的店。

不過，我也只是一介高中生，沒有什麼常去的店家，選擇自然受到限制。今天是假日，現在又是用餐時間，家庭餐廳跟咖啡廳絕對早已客滿，我對時髦的高級餐廳又不是很熟悉。

一色今天也說過，選些沒有營養的行程比較好。

這樣的話，答案就只有一個。

「好，我們就去那裡吧……」

我走在一色前方帶路，往千葉的市中心前進。

千葉站附近有條大道，SOGO、PARCO和C－one等大型商場皆座落其處，大部分的餐廳也集中於那條街上。通稱搭訕路的小巷子內，也藏著許多店家。

到了我這種等級的千葉人，反而會刻意繞進小巷子，選擇這種行家才知道的隱藏店家。

平時的我通常會多繞幾圈，踩一些尚未踩過的點，不過今天身旁還有另一個人，還是選擇主流一點的店家比較好。

我們走進大街，目標店家的橘色招牌就映入眼簾。我們沿著招牌正下方的樓梯往下走。

這家店散發出地下祕密基地的氛圍，一色也不禁眼神為之一亮。

「是說男生啊，如果知道一些好吃店家的話，可是會大大加分喔！」

一色拚命拉著我的袖子，內心的期待全寫在臉上。

走下樓梯之後，便到達千葉的著名拉麵店——成田家。除了千葉之外，東京、名古屋，甚至連巴黎都有它們的分店。

「……唉，原來是拉麵嗎。」

一色透過玻璃窗看了一眼店內，立刻擺出失落的表情，手也放開我的袖子，整個人呆站在原處。

「妳不是說要吃我平常吃的東西嗎……」

「唉，好吧，學長就是這種人。」

她死了心似的重重嘆一口氣。

唔……這家店的確談不上時髦，但應該也不至於令人失望啊……

我先講結論。我每天走在街上，都有人在問我女孩子到底喜不喜歡吃拉麵。我都回答，看看平塚老師就知道……糟糕，她的年齡早就無法用「女孩子」稱呼，好像一點說服力也沒有。總之，若是平塚老師，這時候早就在櫃檯前坐好，準備大快朵頤了。

在我的記憶中，喜歡吃拉麵的女孩子，好像也只有平塚老師一個。

然而，換個角度想，這同時也是向一色推廣成田家的好機會。古人說過：「危機即是危機，轉機仍是危機」，我們要保持審慎的樂觀，別讓自己陷入蒙面走鋼索的狀況。

「總之就先進去了吧，吃完再下評價也不急……」

我小心翼翼地安撫一色，她老大不高興地瞪我一眼，然後無奈地點點頭。

「我說過都交給學長決定，所以沒關係就是……」

嗯？真的？真的好嗎？一色能夠理解，還真是幫了大忙……

雖然一色心不甘情不願，不過還是點頭答應，於是我們走進店內。店員看到我們進來，馬上對著我們大喊「光～臨」。

現在是午餐時間，吧檯剛好剩下最後兩個空位，我們迅速至餐券販賣機前點餐。一色面對機器上寫滿文字的各種按鈕，眼神游移不定，不知如何是好。

「我推薦醬油口味。雖然味噌也不錯，不過妳才第一次來，還是從基本款開始吧。」

「那就醬油。」

我連一色的餐券一起買好，然後坐上吧檯。待一色坐定，我朝店員開口：

「背脂加量。」

「背脂？什麼東東？」

一色轉頭投來訝異的眼光。

「湯頭的油脂分量可以自由調整。啊，另一碗麻煩做清淡點。」

充滿油脂的濃郁湯頭是成田家的一大賣點，就算不調整油脂量，湯頭還是比其他店家來得濃厚，因此我建議第一次吃的人，最好請店家少放一點油脂。

「學長好熟悉這邊的點餐方式喔。」

「還好啦。」

妳才知道學長的厲害——我有些得意地回話，不過對方卻一點反應也沒有。

我看了過去，才發現一色正以冰冷的視線瞧著自己，上半身還略往後仰，一副離我越遠越好的樣子。

原來她不是佩服我才那麼說的啊……世上最遙遠的距離，我想不是生與死，而是對方明明坐在我旁邊，兩人之間卻彷彿隔著一堵無形的高牆……

男生們聽好了！你們很喜歡把拉麵跟小吃知識掛在嘴邊，還引以為傲，其實那是很不受女孩子歡迎的行為！以為這樣就能追到女孩子的人，最好注意一點！

等待拉麵上桌時，我並沒有和一色聊些什麼，而是呆望著廚房內的樣子。這時，我突然注意到一件事。

「……今天『光～臨』的員工有在耶。運氣不錯。」

「咦？學長在說什麼？」

「那個啦，成田家的拉麵品質基本上都很穩定，不過隨著廚房內的員工跟值班時間不同，拉麵的口感也會有些差異。我最喜歡的拉麵口感，在『光～臨』的人值班時才吃得到。」

「……男生知道一些好吃的店家當然能加分，但也不用到這種地步……」

一色懶得聽我再講下去，這時拉麵也剛好上桌。濃厚的油脂如同富士山巔散布於麵條上，閃爍著耀眼的光澤；自碗中裊裊升起的蒸氣，也讓人感受到一股暖意。

「咦，什麼什麼學長這個油就是背脂嗎你沒有騙我？」

一色看著碗裡的油脂大聲驚呼，不過我現在可沒空理她。

「我開動了。」

我以隆重的語氣說完，然後拿起筷子和湯匙，大口享用拉麵。這味道真的會讓人上癮。

一色看我吃麵吃到渾然忘我，露出錯愕的表情，但她還是下定決心，吞了口口水，拿起筷子。她小心翼翼地將碗內湯匙移至嘴邊，稍微抬起下巴，小小品嘗一口。

下一秒，她整個人突然僵住，過一會兒後才回過神，用筷子夾起麵條，嘟起水嫩的雙唇吹個幾口，然後吃了起來。

看來這家店給她的印象並不糟嘛。我安下心後，也繼續享用吃到一半的拉麵。兩人默不作聲，安靜地埋首於自己的碗內，就這麼把拉麵吃完了。

「……真不甘心。」

耳邊傳來一聲呢喃。我轉頭看過去，發現一色正望著自己，表情的確是有些不甘心。她嘟起嘴巴，繼續說道：

「很好吃……」

話才說完，她又將臉別向一旁，可愛的舉動讓我不禁莞爾。

「……好吃就好。」

「男生如果願意帶女生去不方便一個人去的店，分數其實也不錯高呢。」

一色點頭喃喃自語，自顧自地分析起來。您能滿意，便是我的無上光榮。

仔細想想，義大利麵和拉麵都是麵，就脂肪含量來看，酪梨和背脂也相差不到哪去。

果然，無論男女，碳水化合物和脂肪才是王道！

成田家果然是神！

× × ×

午餐也吃完了，差不多該打道回府啦──

雖然很想這樣說，但我們仍然在千葉的大道上走著。

「學長想不想吃點甜的東西？」

這句話乍聽之下像是疑問，實際上只是一句單純的命令。因為這句話的關係，我們開始尋找咖啡廳之類的店家。

「是說那附近啊～有一家感覺還不錯的店說～」

一色一邊說著，一邊快步向前邁進。我們的目的地稍微遠離商圈中心，公園、辦公大樓和公寓大廈都聚集於該處，散發著沉穩的氛圍。

我們經過中央車站前方，走在最近才重新鋪過的路上。附近一帶的房屋排列整齊，不像搭訕路上的建築一般雜亂無章。

大概正是如此，大樓風也顯得特別強烈。

雖然太陽高掛在空，陣陣北風依然叫人直打哆嗦。

因為肚子裡還有剛吃下的拉麵，多少能夠抵禦寒風，讓身體與心靈不被寒冷擊敗，但長時間的戶外行軍依舊令人吃不消。

我以臉色詢問身旁的一色到底還要多久，她露出笑臉，伸手往前方一指。

「就是那間。」

我探頭望去，一家外觀頗為時髦的咖啡廳就映入眼簾。

木質花紋的外部裝潢，採光良好的大型落地窗，有著綠色大洋傘的戶外座位，門口旁的黑板上以粉筆書寫的菜單，無一不散發出時髦的感覺。喂喂，真的假的，這裡不是千葉嗎？怎麼會有這麼潮的咖啡廳？

一色拚命拉著我的圍巾，眼神像是在說：「怎麼樣？很不錯吧？就去這家吧？沒有不去的理由吧？」我說啊，這可不是遛狗用的繩子喔？

「嗯，就這家吧。」

老實說，挑哪家店我都無所謂，而且天氣又這麼冷，我只想趕快躲進室內取暖。如果只有我一個人，我絕對不會踏進這種店，不過今天身邊有一色在，進去一下應該也無妨。

「那就進去……啊，糟糕！」

一色倏地停下腳步。

「什麼，怎麼了嗎？」

她抓住我的袖子，我只得站在原地。請不要把我的袖子當成韁繩用……一色急忙忙地躲到我背後，只稍微探出頭來，指了指店門口。

「快看那邊。」

「嗯？」

我往一色指的方向看去，正好有一對情侶從店內走出。一位是帶著眼鏡、看起來有些內向的麻花辮少女；另一位則是一張路人臉的平凡少年。他們朝我們前來的反方向離去。

我望著那兩個人的背影，雙手抱胸，開始在記憶中翻找。

總覺得他們有點眼熟……正當我思索著，背後傳來一色細微的聲音。

「是副會長跟書記。」

……喔喔，沒錯，我還有點印象──等等，為何他們會一起從咖啡廳走出來啊？

「咦，那兩個人在交往嗎？」

一色從我的身後跳出來，歪了歪頭回答：

「這個嘛～應該不是吧？只是兩人一同出遊就以為在交往，學長未免也太單──」

一色說到一半突然打住，猛然轉頭看向我。

「咦！學長剛剛那句話是什麼意思難不成是在追求我嗎才一起出去玩個一次就當自己是對方男朋友也太厚臉皮了吧對不起至少也請等兩三次之後再說。」

一色兩隻手推過來，企圖跟我保持距離，上氣不接下氣地說道。大概是說了一長串話的關係，她「呼──」地喘了好大一口氣。

「……啊，嗯，隨便妳怎麼說都好。」

我連問她是怎麼解讀我的話都懶了……這傢伙到底發了我多少次卡？有種認真算就輸了的感覺。

「總之快點進去吧，外面好冷。」

「啊，等我一下嘛！」

一色也踩著輕快的腳步，緊跟在我身後進入店內。

這間咖啡廳不僅外觀，內部裝潢也毫不馬虎，散發十足的時髦氛圍。店內使用的桌椅十分講究，每個座位都有獨特風格，感覺得到店主的用心。牆壁與櫥櫃上也裝飾著許多可愛的小物，想必能夠牢牢抓住女性顧客的心。

我們被帶至右側較為平凡的沙發就座。溫暖的陽光自面向大道的落地窗照了進來。

一色於我對面坐定後，興奮地翻開菜單。

「嗚哇～種類好多，好難下決定喔～對不對？」

她的口氣像是在問我問題，卻一點也沒有要我回答的意思，自顧自地翻閱著菜單。看來她只是刻意表現出自己喜歡甜食的一面，好讓別人覺得她是個可愛的女孩子，真是有夠會裝。好啦，她也有可能是真的喜歡甜食，畢竟喜歡甜食的女生本來就不在少數。侍奉社裡就有一隻餅乾怪獸……雖然她最近比較常吃煎餅。

一色正專心看著菜單，沒菜單看的我只好望著她發愣。她注意到我的視線，將菜單轉過來，移到我的面前。

哇～種類還真的不少……

馬卡龍夾心蛋糕、瑞士捲、起士蛋糕、法式焦糖布丁……還有義式冰淇淋跟雪酪。義式冰淇淋和雪酪到底差在哪，類似 pollo 和 pavone 的關係嗎？

我一邊比對菜單上的照片和名稱，一邊思考這種無聊問題。此時，一色研究完菜單，將頭抬起來。

「我決定好了。」

「ＯＫ，那就點餐吧。」

服務生來到我們的面前，一色手指在菜單上點來點去。

「我要阿薩姆紅茶跟馬卡龍夾心蛋糕。」

「那我要一杯綜合咖啡，還有……義式冰淇淋。」

兩人點完餐後，便是一段悠閒的等待時光。

輕柔的巴薩諾瓦爵士於耳邊繚繞，午後的柔和陽光灑滿整個室內，營造出咖啡廳獨有的風情。其他客人的談話聲有種說不出的距離感，讓人產生在水中浮游的錯覺。

我的意識自然而然集中至眼前的一色身上。

一色似乎是這家店的常客，她整個人陷進沙發裡面，看起來極為放鬆。她托著臉頰，手肘靠在扶手上，望著窗外景色，嘴裡還哼著歌，似乎非常期待蛋糕上桌。

我也聽著一色的歌聲，轉頭看向窗外。即使是我再熟悉不過的千葉街道，隔著咖啡廳的玻璃櫥窗望去，便覺得樣貌完全不同，顯得更為美好。也許，這正是咖啡廳的魔力所在。

一色大概也是中意這點，才會常來這家店吧。是說，會來這家店的也不只她一個人。

「學生會成員也會來這家店嗎？」

我想起才離開不久的兩人，開口向一色問道。她朝我看過來，搖了搖頭。

然後，她敲一下手掌，將手置於下巴，開始回想。

「啊——學長在說副會長跟書記的事嗎？我上個禮拜曾和他們聊到這家店，所以他們才會知道吧。」

「喔……」

看來，那兩位只是碰巧在這間店遇上而已。

不，也有可能是副會長利用這個機會，約書記一起來的。「下次要不要一起去一色說的那家店啊」──搞不好光靠這句話就約到了！哼，學生會成員居然還有閒功夫一起上咖啡廳？少瞧不起人了，給我認真工作啊！

……等等。誰說一定要副會長開口邀約？或許是那位內向的書記同學鼓起勇氣，主動邀副會長的喔！唔喔，突然好想替書記加油啊！副會長？關我什麼事？那個副會長總讓我覺得跟戶部有些類似──例如兩人都因為一色而吃了不少苦頭。

這時，身為兩人加害者的一色繼續說道：

「是說我啊～為了今天，還特別去問副會長假日都去哪裡玩呢！為了今天喔！」

一色特別強調「今天」兩個字，還抬起眼睛看過來。因為很重要所以要說兩次嗎……這個方式太露骨了，可拿不到什麼八幡分數喔。

「我很感謝妳有這份心，不過有些事情比起這種準備還重要……」

例如：詢問我的個人意願，或是老實跟我說今天是要出來玩而不是工作。

不過，一色毫不理會我的牢騷，而是刻意移開眼神，嘟噥起另一個話題。

「我沒料到會碰上副會長他們……」

她說到這裡打住，轉過頭直盯著我瞧。

然後，她像是要避免其他人聽見，將手遮在嘴邊，露出一臉微笑，對我小聲說道：

「下次去比較沒人知道的地方吧。」

「還有下次喔……」

我真沒料到一色會說出這樣的話。一想到下次也要辛苦一整天，我的聲音就有些乾枯。一色聽到我的回答，稍微瞪了一眼。

「為何學長的話聽起來有些不情願？」

「不是，我才沒有不情願……那個啦，我會審慎考慮，勇敢承擔，妥善處理，積極面對。」

「學長……你那句話一點也無法讓人相信……」

一色嘆了口氣，對我苦笑。突然，她小小地「喔」了一聲，雙眼發出閃亮亮的光芒。我往她的視線——也就是我的背後望去，便看見服務生端著蛋糕走過來。

服務生優雅地將蛋糕、紅茶，義式冰淇淋與咖啡置於桌上。一色一臉幸福地端詳了許久，然後掏出手機，啪嚓啪嚓地拍起照片。她不僅拍自己的蛋糕，連我的義式冰淇淋也拍了好幾張。

為什麼女孩子這麼喜歡替食物和點心拍照？難不成是記錄減重法（註24）？RIZAP

註24 岡田斗司夫於著書提倡之減重法。藉由每天記錄攝取的食物和熱量，了解自己的飲食習慣，進而改善。

的教練要妳們傳給他嗎？

看一色心滿意足地放下手中的相機，我正打算開動，她卻突然舉起手來。

「啊，不好意思～可以幫忙拍照嗎？」

服務生聽到一色的呼喊，馬上移動過來，畢恭畢敬地接下她的相機。這傢伙還沒照夠喔，我等不下去啦！我伸出手要拿起湯匙，卻立刻被另一隻手拍打好幾下。

轉頭一看，一色從位子上探出身體，對拿著相機的服務生擺好姿勢。

「學長，快比『耶』！」

「才不要。我不入鏡也沒差吧，冰淇淋都快融化了。」

「沒那麼快，學長快。」

一色忙著維持累人的姿勢，看都不看我一眼，只是焦急地催促著。看來她快撐不下去了，連講話都變得七零八落。

「那個，請問……」

服務生也對我露出為難的笑容，銳利的眼神中還藏著一股壓迫感。不、不好意思，打擾到您工作……

「學長，快點快點。」

我耐不住一色催促，只好將點心移至旁邊，將上半身探出去。

「麻煩兩位再靠近一點……」

我遵照服務生指示，再次稍微挪動身體。

就在這時，洗髮精的香味飄了過來。我稍微往旁邊瞄去，看見一色柔軟的秀髮滑落在我的耳邊。兩人之間快要貼在一起的距離，讓我嚇了一跳。正想往後退時，服務生的聲音傳了過來。

「啊，ＯＫ了，這樣就好。要照囉！」

快門聲響接二連三地響起。

「謝謝～」

我整個人往後倒進沙發，看著一色向店員道謝，並且接過手機。

想不到只是拍個照，也會累成這樣……看來「相機會把靈魂吸走」的說法並非空穴來風。

我深深嘆了口氣，自咖啡杯冉冉升起的水氣隨之消散。趁咖啡還沒涼掉之前，還是趕快喝了吧。

「……可以開動了嗎？」

「啊，可以。請。」

一色自顧自地檢查剛剛拍的相片，想也不想地回答。照片中的我，臉一定很紅吧——我一邊思考，一邊為了冷卻自己的腦袋和臉頰，開始享用放了一段時間的冰淇淋。

……這不是融化了嗎。

×　×　×

結帳完畢，走出咖啡廳時，外面的天色早已暗下來。我們在裡面喝咖啡聊是非，享受美味甜點，似乎也消磨了不少時間。

夜風開始吹拂，寒氣不停地從圍巾縫隙鑽進來。

我將外套拉緊，重新圍好圍巾。

這時，一色也從店裡走了出來。

「不好意思，讓學長久等了。剛剛不小心忘記拿收據。」

一色眨眼吐舌，還敲了一下自己的腦袋，有夠裝可愛的……是說，她拿收據是打算做什麼呢？剛剛不是一起結帳的嗎……這麼說來，打桌球的收據跟拉麵的餐券，好像也都在她那裡……報稅要用的嗎？

「總之，我們往車站移動吧。」

「好。」

我點頭回應一色後，兩人邁開步伐。

今天是假日，大道上擠滿了往車站移動，以及剛從車站出來的人潮。人群於街道上來來往往，增添一股夜晚特有的熱鬧氣息。

時間還不算太晚，但也許是運動過的關係，我不自覺地打起呵欠。走在人行道內側的一色也被我傳染，開始打起呵欠。

一色注意到我在看她，顯得有些尷尬。她清了清喉嚨，朝我靠進半步。

「今天的學長表現有十分喔！」

一色為今天的約會行程規劃打起分數。

「姑且問一下，滿分是幾分？」

「當然是一百分。」

「為什麼分數這麼低……」

我好歹也努力過了耶，妳不覺得自己有點無情嗎？我以眼神表達不滿，她將帶著手套的兩隻手舉至面前，手掌張開，開始掰手指算數。

「首先，你不是葉山學長，所以扣十分。」

「第一點就辦不到了啊。」

這傢伙當自己是竹取物語裡的公主嗎……而且評分方式還是用扣的。想讓人成長的話，應該要用加分的方式。

有鼓勵才能有成長啊！

想當然耳，我的心靈吶喊無法傳遞給一色，她仍不停地折起左手的手指。拜託妳住手，再這樣折下去，我脆弱的心靈也要被妳折斷了！

「加上言行舉止等細項，還要再扣個四十分吧？」

「嗯，沒錯，很合理。」

我露出理所當然的表情，點了點頭。居然只被扣四十分，看來我還滿努力的嘛。或者該說，容忍我一整天的一色很努力才是。

「看來學長多少有些自覺呢……」

她嘆了口氣，聽起來早就放棄一切。啊，原來她並不是在容忍我……

一色老師可還沒有打完分數。她突然右手握拳，輕輕搥了我的側腹幾下。

「女孩子一邀，學長就傻傻地答應，扣五十分。」

「邀我的不就是妳嗎……是說，分數已經被扣到零了耶。」

一色的拳頭雖然不痛不癢，但她的話讓我立刻想起某人，心頭感到一陣刺痛。

我按著自己的側腹抗議。一色向前跨出一步，挺起胸膛，清了清喉嚨後，伸出一根手指。

「但是，因為今天還滿愉快的，所以給學長加十分。」

「……那還真是謝謝妳啊。」

原來十分是這樣來的。

前面扣分扣那麼凶，最後卻送了十分回來，一色人其實還不錯嘛！

而且，如果是我自己評分，大概也會打出差不多的分數。

我們一路閒聊，不知不覺走到車站。

我要搭的是總武線，一色則是坐輕軌電車回家，所以兩人得在車站分開。

「那學長……今天怎麼樣呢？」

當我踏上通往轉運站的樓梯時，一色壓低聲音問道。由於她低著頭，我看不見她臉上的表情，一時無法判斷這個問題的意思。

不過，跟我現在所想的事情，應該相去不遠吧。

「跟妳差不多吧……有點累人就是。」

「學長說話也太不委婉了吧……沒關係，我原諒學長。畢竟今天學長陪了我一整天呢！」

一色抬起頭，露出甜美的笑容。她又開始裝可愛，我的臉也開始抽筋。一色見我苦笑，不滿地嘟起嘴巴。

「學長那副表情是怎樣啦，嫌人家麻煩嗎……」

她鼓起臉頰，把頭撇向一邊，腳步也稍微加快。快要走到我前面時，她彆扭地說道：

「世界上沒有不麻煩的女生喔。」

嗚呼，這句話我真是再認同不過了。我聳了聳肩，加快腳步追上一色。

「……大概吧。不如說，這世上根本不存在不麻煩的人。」

「嗚哇……學長，你這個人有夠麻煩的。」

一色轉過頭來，露出比我誇張一百倍的麻煩表情。

這傢伙也太壞了吧……

大概是因為對彼此感到麻煩，我們的腳步慢了下來。不過，車站廣場已近在眼前。避開自剪票口湧出的人潮，回到早上的集合地點後，一色停下腳步，我也跟著停了下來。

「總之，今天的行程很有參考價值，謝謝學長。」

我沒料到一色會畢恭畢敬地行禮道謝，一時支吾其詞，好不容易才擠出「喔」、「嗯」、「我也是」等幾個字。一色抬起頭，忍不住笑了起來。

「……學長也請參考一下囉？」

她的眼神充滿溫柔，話語卻帶著一絲嚴厲。

「……啊、嗯，總之今天謝謝妳啦。」

今天的行程確實讓我學到不少東西。只是，一色這個人比較特別，今天學到的東西也沒辦法直接用在其他地方。反正，世上每個人都是特別的，都是另一個人心中特別的存在。

「那麼，我們學校再見。」

「路上小心啊。」

我們互相道別後，一色踏上通往輕軌月臺的電扶梯。電扶梯緩緩將人潮往上推送，一色與我之間的距離也越來越遠。

忽然間，她轉過身來，對我揮了揮手。

我也舉手回應，看著她逐漸離去。

女孩子是用糖、香料，以及美好的事物所構成的。

甜美、辛辣，大概還又苦又酸——一色所擁有的「美好事物」，是一種如果不去

ZZZ

碰觸便無法明白，十分麻煩的「美好事物」。

那肯定並非只為一色所有，我身邊的女孩子們，應該也都擁有這項成分吧。

所謂的「美好事物」，究竟是什麼樣的東西？

我目送逐漸遠去的一色，同時在心中思考這個問題。

3 絕對不能打破的截稿日就在眼前

今天的社辦比起平時冷上許多。

向平塚老師報告過電暖爐的噪音後，她向我們下達指示：在維修人員檢查完畢之前，暫時避免使用電暖爐。

白天我們都在上課，不會使用社辦，所以不至於產生什麼影響。然而，放學之後，話就不能這麼說了。

畢竟，到了社團活動時間，太陽便逐漸西沉，社辦內的溫度也開始下降。

正因如此，就算我們人在室內，也得用圍巾把領口包得緊緊的。若要說還有什麼能夠禦寒的器材，大概也只剩這只熱水壺了。

當然，熱水壺的用途並不是拿來取暖，而是給我們泡紅茶用的。不過，它的加溼效果還算有些幫助，多少提升了一點點室內的溫度。

古人說由奢入儉難，人若習慣了安逸的生活，離開舒適圈時的痛苦可想而知。

我偶爾會突然感覺到一股冷空氣於腳邊盤旋，翻著文庫本的手也不自覺停下。

反正這裡又不會有什麼高人貴客來訪，要看書打發時間，還是在自己家看最舒服。不然委屈一點，去人擠人的星巴克，在一群潮到出水的文藝青年（笑）圍繞下讀書，也比在這好上許多。話說回來，為什麼那些文藝青年（笑）總喜歡挑窗邊的位置坐，然後對著 MacBook 敲敲打打，要不就是讀著剛上市的書，還把封面朝向玻璃窗外，深怕別人沒注意到？你們是夏天夜晚停在窗戶上的蟲子嗎？

算了，星巴克人那麼多，要定下心讀書也有難度。就這點而言，社辦反而略勝一籌。我並不討厭社辦靜謐中帶著一絲涼意的氛圍，只是一到冬天，這股涼意就進化成錐心刺骨的寒意了。

尤其是我平時坐的位置，由於緊鄰走廊，牆壁又薄如隔板，根本擋不住從外面滲入的冷空氣，冷風也不時從大門的縫隙鑽進來。

「……是說，今天能不能就到這裡為止？真的有點冷。」

我忍受不了寒意，身子直打哆嗦，開口向坐在窗邊的兩人問道。

同樣讀著書的雪之下抬頭看了過來，脖子稍微歪向一邊。

「是嗎……那麼，要不要提早結束呢。」

雪之下單手撐著下巴問道。

「咦～我一點也不冷啊。」

一旁的由比濱這麼回答。

……看妳那個樣子，當然一點也不冷。

由比濱一感覺到社辦內的寒意，馬上興高采烈地將座椅挪至雪之下旁邊，還把膝毯拿出來跟她一起蓋。如果是平時，雪之下肯定會一邊抱怨著「好悶」或是「好黏人」，一邊跟由比濱拉開距離，今天她卻一點也沒有拒絕的意思。

正因如此，兩人臉上都是一副暖呼呼的幸福表情。

而且，她們坐的位置正好晒得到太陽，最重要的是兩人能用彼此的體溫取暖，哪有什麼會冷的道理……

我對著妳儂我儂的兩人投以怨恨的眼神，由比濱這才注意到我，身子稍微從雪之下身上移開。

「自、自閉男，你那裡會冷嗎？」

「……是啊，會冷。」

被她一問，我又感到盤旋腳邊的寒氣竄了上來，不禁摩擦起兩隻胳膊。

「是嗎……」

由比濱抓起膝毯，像是要檢查長度，翻過來又翻過去。她思考了一會兒，然後輕輕吐一口氣。

她低著頭，抬起雙眼看過來，令我感到有些坐立不安。

接著，她像是要說些什麼，深深吸了一口氣，豐滿的胸部也隨之起伏。然而，她一下定決心開口，發出的聲音卻出乎意料的小。

「那、那就……」

由比濱支支吾吾，似乎有些難以啟齒。一旁的雪之下露出溫柔的微笑，幫她往下說：

「把外套穿起來吧？」

果然是這種答案，我一點也不意外。我遵照她的指示，模仿無法忍受辦公室冷氣溫度的ＯＬ，把外套披到肩上。

離校時間怎麼還不快來……我盯著牆上的時鐘猛瞧。就在這時，外面忽然響起敲門聲。唉～居然有人在這種時候登門拜訪，看來不用想提早回家了。

「請進。」

雪之下毫不理會垂頭喪氣的我，對著門外喊了一聲。對方聽到回應，開門走進來。

「大家辛苦了～」

她對著大家行禮，一頭亞麻色的秀髮晃呀晃的，垂下的瀏海後方躲著一雙水汪汪的大眼，嘴角也帶著一抹微笑。

一色今天也一如既往地來社辦報到。只不過跟以往比起來，她今天的態度顯得有些畢恭畢敬，讓我感到不大對勁，總覺得又有什麼事要發生了……

「喔～是伊呂波。嗨囉～！」

由比濱舉手向一色打招呼，一色也揮舞略長的毛衣袖子回應，走了過來。

「嗨～大家好……是說，這間教室不會有點冷嗎？」

她突然停下腳步，一臉訝異地看向雪之下。雪之下也無奈苦笑。

「是的，因為電暖爐有點問題。」

「喔～原來是這樣～」

一色語氣聽起來絲毫不感興趣，只見她帶著椅子坐到雪之下身旁，直接把她腿上的膝毯拉過去，加入簡易式人形暖被桌的行列。

「等、等一下……」

雪之下困惑的語氣中帶有責備之意，然而一色毫不放在心上，自顧自地說著「好暖和喔～♪」繼續移動身子，往雪之下靠過去。

「啊，我們再坐近一點吧？」

由比濱溫柔地向一色問道。

「可以嗎？謝謝學姐～」

一色也語帶撒嬌地向由比濱答謝。接著，兩個人開始移動身子，往雪之下的方向擠過去。

不要再繼續擠壓小雪乃了好嗎！妳們有沒有同理心啊？她的胸部已經跟關東平原一樣平了！妳們真要擠壓的話，也拜託請由下往上擠啊——這種話我當然不敢說出口，只能在心理默默吐槽。

就在我猶豫是否該制止一色和由比濱時，她們兩人依舊開心地玩著夾心餅乾遊戲。

雪之下像是放棄抵抗，嘆了一口氣，然後將椅子稍微後挪，騰出空間讓一色加入。一色開心地「耶～」了一聲，移動她的椅子，整個人貼到雪之下身上。

雪之下稍嫌厭煩地看向一色，但還是拿起套著絨布套的熱水壺，將紅茶倒入紙杯。

「……要喝紅茶嗎？」

「啊，謝謝。」

一色接過熱氣蒸騰的紙杯，然後以雙手握住，溫暖一下凍僵的手，接著小口喝了起來。妳們看起來真的很暖和呢……

話說回來，這位雪之下小姐……妳最近怎麼不光是由比濱，連一色也開始寵起來了啊……

不過，對於雪之下來說，這兩個人是她第一個像朋友的朋友，和像學妹的學妹。看她擺出學姐架勢的模樣，不禁令我莞爾一笑。

我一個人坐在寒冷的邊疆，眺望三姐妹暖烘烘的樣子。剛喝完紅茶而有些放鬆的一色這時看了過來，點頭對我打招呼。

「啊，學長，前幾天謝謝你了。」

「嗯，喔。」

我隨口應了一聲之後，雪之下和由比濱同時看了過來，眼神像是在說「一色那句話是什麼意思？」嗚，這就有點不好解釋了……

我們只是在假日一起出去玩，僅止於此，沒什麼大不了的。不過，刻意對她們解釋「我們只是去玩而已，什麼事也沒發生」，又顯得有些自我意識過剩。

然而，若不做任何解釋，又讓我產生一股奇妙的罪惡感。不，光是產生罪惡感這點，就代表自我意識已經嚴重過剩……討厭，八幡這個人怎麼這麼噁心……

搞到最後，我擠不出半句話，只是不斷地嘆氣和呻吟。她們見我的反應，大概覺得事有蹊蹺，雪之下皺起眉頭，由比濱則是來回看向我跟一色。這下麻煩了……

沉默於社辦內持續了一段時間。雖然社辦很冷，我還是感到頭頂開始瘋狂冒汗。

一色輕輕咳了幾聲，打破沉默。

「是說，我有個點子～要不要以學生會的名義發行免費情報誌看看。」

「咦？免費情報誌？」

由於一色突然丟出風馬牛不相及的話題，雪之下訝異地轉頭望向她。讚喔，今年的救援王就決定是伊呂波了！託她的福，我終於得以從那兩人的視線解脫……

「免費情報誌，指的是那個吧？」

「沒錯，就是那個。」

由比濱與一色兩人居然只靠指示代名詞就能溝通，真不簡單。前幾天材木座來社辦時，大家也曾經聊到免費情報誌，大概是因為她們還有印象，才知道對方在說什麼。

不過，一色的動機可沒辦法光靠一句「那個」就傳達給大家。

「但是，為什麼想要做免費情報誌？」

雪之下歪著頭問道，一色將手抽出膝毯，搖晃著手指說明。

「因為副會長他們剛處理完學年度的財務結算，結果發現啊，學生會今年度的預算意外地剩下不少。」

「是喔……」

學生會的前一任會長是巡學姐，她總是散發溫柔☆巡巡的正面能量，因此不太給人執著於金錢的印象。

另一方面，身為現任學生會長的一色伊呂波，則是個精打細算☆小惡魔般的存在，若是跟金錢有關的事，她不可能不在意。

果不其然，一色拍了一下手掌，微笑著說道：

「難得有多出來的經費，把它花完才不會浪費吧？我稍微計算過金額，做份免費情報誌應該剛剛好。」

「所以說，為什麼要勉強自己增加工作量……」

我無法理解，強迫自己工作來消耗多餘預算的人，到底是什麼樣的心態……這傢伙絕對在打某種如意算盤。我以懷疑的眼神瞪著一色，她注意到我的視線，像是要打馬虎眼，「啊哈」地笑了一聲。這、這其中必定有詐……

「但是啊，伊呂波。既然預算有剩，存起來不是比較好嗎？儲蓄是很重要的喔？」

由比濱苦口婆心地開導一色。這傢伙又當起別人的老媽子了……

不過，由比濱說得也沒錯，如果那些是一色的零用錢，存起來確實比較好。問題在於，那些錢並非一色的個人財產，而是學生會的預算。

雪之下似乎也注意到這點，她將手放在下巴，緩緩開口：

「我想那是行不通的。」

「為什麼？」

由比濱歪著頭往雪之下靠了過去。她的下巴都要擺到雪之下的肩膀上了。

「預算沒有用完的話，明年就有被刪減的可能性。如果負責審預算的人是我，一定會這麼做。」

「沒錯！問題就在這裡！所以，為了避免我明年的預算被砍，還是趁學年結束前趕快花掉比較好！」

一色也一邊說明，一邊往雪之下靠了過去，像是要博取對方同意一般，整個人依偎在她身旁，開始撒起嬌來。

「好近……」

雪之下小聲說道，聽起來像是不知如何是好。她被兩人夾在中間，只能縮起肩膀，擺出像是搭乘尖峰時段電車時的奇妙姿勢。嗯，感情融洽實為美妙之事。

不過，我也並非不了解一色的想法——雖然那筆錢不是她的。說什麼「妳的預算」啊……明明就是學生會的預算。回歸正題，用發行免費情報誌的方式消耗預算，應該不會出什麼問題。

「不錯啊。雖然我不知道妳要做什麼樣的情報誌。」

我有點懶得管這件事，隨口應付一句話。一色坐直身子，朝我看了過來。

「關於那點，我已經做好決定了喔！像是介紹好玩的地方啊，好吃的店家啊，可愛的咖啡廳之類的～」

「喔，感覺還不錯呢！如果還能介紹一些服飾店，或是賣些小飾品的店家就更好了！」

「要做地方誌嗎。就內容而言，應該是不缺讀者……」

一色的點子讓由比濱整個人興頭都來了，身體又往一色靠過去，被夾在中間的雪之下顯得更為窘迫。

好玩的地方、好吃的店家、可愛的咖啡廳啊……咦，總覺得在哪裡聽過。健達出奇蛋？不對，那是好吃、新奇，又好玩。

「地方誌的感覺……例如『千葉Walker』嗎？」

由比濱轉身向一色問道，一色點頭說「是啊是啊」，上半身也略往前彎。雪之下終於自夾心餅乾中解脫，「呼」地喘了好大一口氣。

一色繼續往下說明。

「如果要製作地方誌，就可以假取材之名行遊玩之實，經費還會嘩啦嘩啦地從天上掉下來喔！」

一色做了個調皮的笑容，嘴裡說出的話卻是再糟不過。什麼「嘩啦嘩啦」，妳是某社群遊戲的員工嗎……（註25）

我和雪之下都一臉愕然，由比濱則是歪著她的頭：

「金沸……」

不不不，妳說的那個是一種止咳化痰的中藥方喔？一色注意到我與雪之下的表情，鼓起腮幫子鬧脾氣。

「這可是學長之前說過的耶～『反正經費就是要拿來花的』，不是嗎？」

她一說完，雪之下立刻對我投以冰冷的眼神。

「你啊，只會教學妹一些沒營養的……」

「等等，我可沒說過那種話！」

我雖然開口反駁，一色卻拚命搖頭，對我露出不滿的神色。

「學長明明有說過，籌備聖誕活動的時候絕對有說過。」

我真的說過那樣的話嗎……那次活動是和其他學校一起合辦的，我難道真的說了「反正是對方的經費，不必在意，用就是了」之類的話……嗯，好像真的說過

註25「嘩啦嘩啦」原文為「じゃぶじゃぶ」，影射社群遊戲《FLOWER KNIGHT GIRL》。網路謠傳開發人員疑似在遊戲說明中不慎遺留了「煽動僥倖心理，讓玩家願意嘩啦嘩啦花大錢。」的內部註解，但實際目擊者只有一人。

耶。懂得舉一反三的伊呂波有夠恐怖……可是她根本曲解了我的意思吧……

「一色同學，妳打算做的事可以說是將學生會占為己有，是中飽私囊的行為……」

「但是，學校同學們可以因此知道更多情報，我也能從中享受到樂趣，這不是WIN-WIN的關係嗎？」

雪之下開口責備一色，對方卻面不改色地反駁回去。哎喲！這孩子絕對是被玉繩同學帶壞了……爸爸我才不會允許妳跟那種人在一起呢！

「這樣說的話，好像也不是什麼壞事呢……」

由比濱也跟著喃喃自語。的確，就算自己是在享受，若結果能夠帶給大家幸福，就不能一概說是不正當的行為。就這點而言，靠自己的興趣賺錢，可以說是工作的理想型態。

我能理解一色不是在胡說八道。剩下的就是現實層面的問題了。

雪之下將雙腕交於胸前，稍微思考一會，語氣沉穩地說道：

「但是，用這種理由申請預算，能夠通過嗎？」

「討厭啦～雪之下學姐。那是會計的工作啦。」

一色發出「喔呵呵呵」的奇怪笑聲。這傢伙果然是在亂來……也罷，要是出了什麼事情，一色還是得負責任。如果想辦法讓預算通過是會計的工作，那麼承擔一切責任，就是負責人的工作！不負責怎麼叫作負責人嘛！

雖然我很懷疑一色是否有這樣的認知，但她至少有表現出足以彌補的幹勁。

「那，說到問題重點……情報誌要怎麼做啊？」

一色馬上把話題帶到她今天來訪的目的上。唔，這傢伙果然除了幹勁，什麼也沒有……

「就算妳這樣問我們……我們也沒有製作過情報誌啊……」

「的確……可以說完全沒有相關知識。」

雪之下同意我的話。一旁聽著的由比濱突然想起什麼，敲了一下手掌。

「啊，可是之前我們有製作過地方誌的其中一頁啊！」

「對耶，這麼說來的確有這回事……」

我記得那件委託是平塚老師帶來的。印象中，我們因為活化千葉地方云云而參與了地方誌的製作，年輕人結婚特輯的其中一頁正是由我們負責。當時的我們可是吃了不少苦頭。

正當我們浸淫在回憶之中，你一句我一句聊著時，在旁聽著的一色向前探出身子。

「這不是很好嗎！我感覺行得通呢！」

「不，我們當時只是把企劃多出來的一頁填滿而已，從頭開始做又是另一回事了。行不通的。」

雪之下潑了對方一盆冷水，一色無精打采地坐直身子，垂著肩膀，眼神上揚看向雪之下。

「……是這樣嗎？」

「是的。」

雪之下雖然冷淡地回話，但在一色惋惜中帶點撒嬌的眼神攻勢下，她也無法接著說下去，只能悄悄地將臉別開。糟了，再這樣下去，雪之下絕對會被一色說服的！

雪之下雖然能毫不留情地駁倒對手的理論與說辭，面對訴諸感情的言行舉止卻是毫無招架之力。看她與由比濱之間的互動就知道了。

面對一色純真無邪的眼神，雪之下似乎有些捱不住，不停扭動身子。由比濱這時打斷兩人的對話。

「好啦好啦，伊呂波還是先去問清楚那個情報誌的製作方法吧？像是問懂得相關知識的人，或是乾脆請他們幫忙……這樣的話，我們就能夠和妳一起製作情報誌囉！」

「結衣學姐人最好了！」

由比濱的溫柔話語讓一色浮現開心的微笑。不過，稍微想想就知道，由比濱的意思其實是「妳給我做好功課再來」。

不愧是由比濱，看她對於雪之下的撒嬌功力爐火純青，便知一色的求情攻勢無法奏效。

「由比濱說得沒錯，如果妳真的想製作情報誌，就必須花點時間，做好準備工作。」

一色見我們三人面有難色，也皺起眉頭，擺出困擾的表情。

「就是沒有辦法啊～」

「為什麼？」

一色低下頭，語氣沉重地低聲說道：

「……年度結算日快到了。」

我頓時感到心頭一沉。

說得也是，一年一度的結算日快到了呢。我的父母最近也是比平時忙上許多。

聽說一到這個時節，社畜們就會多出一堆非幹不可的差事。

跟據網路上的資訊，動畫的BD—BOX，或是OVA等商品往往集中於二、三月之間發售，正是因為結算日快到的關係。

不只是動畫業界，為了讓營業額達到當初定好的數字，類似的情況在各種業界可謂屢見不鮮。情報來源是我老爸老媽。想必他們今天也是忙得焦頭爛額吧……

「詳細情況我也不是很清楚，但如果要趕在今年度內申報預算，就必須在三月初的經費精算之前處理完畢。現在已經錯過二月份的機會，這個月再不做就來不及了！」

一色的語氣焦急，比手畫腳地說明，模樣真是可愛極了。相較之下，她提到的

「申報」或是「經費」等用語，則是一點也不可愛……

OK，時間緊迫這點我已經瞭解。既然如此，就得在這個月內把收據和請款單準備好，以便下個月初處理。

也就是說，我們得在這個月結束前把情報誌做完嗎……

時間雖然才剛進入二月，但二月天數比其他月份來得少，要在這麼短的時間內從零開始製作雜誌，就算是較為簡單的免費情報誌，也可以說是不可能的任務。

「絕對不可能，妳放棄吧。」

我開口說道，雪之下也默默地點頭，由比濱則是露出無奈的笑容。

就算妳露出水汪汪的眼睛裝可憐也沒用，辦不到的事就是辦不到。一色見我緩緩搖頭，突然站了起來。

「學長……有件事情想跟你談……」

她小聲說完，默默地走到我的面前，低下頭看著我。雖然我就在她的正前方，她卻像是在猶豫什麼，將臉轉向一邊。

「妳要談什麼……」

我開口詢問一色，她卻遲遲不回答。雪之下與由比濱也訝異地在一旁看著。

接著，一色無視我們三人困惑的眼神，開始將外套的扣子一顆一顆解開。給我等一下，這傢伙在幹什麼！

不只是我，雪之下與由比濱同樣目瞪口呆。我是說真的，這傢伙到底要做什麼？討厭啦，等等！什麼，她該不會是要把衣服脫了吧！妳這樣我會很困擾！

一色扭動著身子，發出像是忍耐著什麼的呻吟。她把手伸進粉紅色的開襟毛衣內，於上衣的胸口處摸來摸去。

「嗯……」

她一邊發出細微的聲音，一邊擺弄著上衣，鎖骨也不時自鬆開的領口露出。坐在正前方的我連忙別開視線。豈料，這麼做只讓衣服的摩擦聲跟一色發出的聲音更引人遐想。

「我不知道妳要幹什麼，不過別在我前面弄，去旁邊弄啦。」

我低著頭揮手，示意她不要靠這麼近。這時，一色「呼」地喘了一大口氣。

「啊，找到了。」

一色拿出幾張小紙片，然後用另一隻手抓起我的手，把紙片塞進來。

她纖細的手指握上我的拳頭，女孩子肌膚的觸感柔軟到令我無法想像。正當我感到不知所措，一色又「咻」地將手抽開，只留下手裡帶著餘溫的紙條。

我一意識到那是她的體溫，掌心便開始冒汗。我戰戰兢兢地將拳頭張開。

我稍微掃過掌心裡的東西，發現紙片上的文字似乎在哪看過。紙片上方印有「收據」兩字，底下則是記載著保齡球館跟咖啡廳的名字。最下面還有一張拉麵店的餐券。

這些收據難道是……

我心中有了底，將頭抬起來，正好和笑容滿面的一色兩眼對上。
她臉上的微笑對我如此訴說：你看到了吧？那麼，你知道我的意思了吧？
一色再次伸出手，彎了彎手掌，要我把收據還回去。我將收據交給對方，她也畢恭畢敬地接過，放回上衣口袋。
「那麼，學長。我有事情想跟你商量……」
她用楚楚可憐的撒嬌聲，重複一次先前的話。
我大概知道一色想表達什麼了。她在暗示我和她之間有著共犯關係。
不過，那可跟我一點關係也沒有。我花的都是自己的錢，從未自她身上拿走任何一毛。說是這樣說，為何我還是感到心虛呢……因為我也玩得還算開心，所以就廣義層面而言，我也算是經費的受惠者？是這樣嗎……不……可是……
眼見一色信心滿滿地亮出收據，我開始覺得自己是不是真的做了什麼壞事。我終於知道那些明明沒有犯錯，卻被迫在認罪書上簽字的受害者們的心情了……
我清了清喉嚨，重新面向一色。我願意認罪協商！
「……總之，妳先詳細說明吧。」
「怎麼感覺被威脅了？」
「唉……」
由比濱發出驚訝的聲音，雪之下則是無奈地嘆一口氣。

×　×　×

一色為了詳細說明，回去學生會辦公室拿資料。在等待她回來的這段時間，雪之下重新泡了一壺紅茶。

隨著蒸氣冉冉上升，紅茶的香味也飄至房間的每個角落。雖然電暖爐是關著的，但是多虧紅茶和身上的外套，我已經覺得沒有那麼冷了。

「讓大家久等了！」

一色用力打開社辦大門，急急忙忙地走了進來。

接著，她將捧在手裡的透明資料夾一股腦兒地堆到桌上，桌面立刻被各式各樣的文件占滿。她像是於聖誕節前夕盯著玩具店傳單猛瞧的小孩，兩眼閃爍著既興奮又期待的光芒。

看到她那副模樣，我多少湧起一點想幫忙她實現計畫的念頭。然而，光靠幹勁和毅力，可沒有辦法解決眼前的問題。

首先要做的事情，是正確把握現狀。所謂的工作，就是越理解整體狀況，反而越把自己逼上絕路。

若預算和時間都不充足，計畫本身根本沒有成功的可能。若是對方執意要做，工作意願自然會下滑，最後把自己逼上絕路；另一種情況，若預算和時間都充足，便會輕忽大意，覺得改天再做就好，最後仍把自己逼上絕路。怎麼會這樣，打從工作落到頭上開始，就已經註定無法順利完成了……

正因如此，確實理解自己能夠承擔的負荷，打從一開始就不接下工作，才是正確的工作態度。若無法拒絕對方，也要盡力與對方交涉，設法減低工作量。我可是在侍奉社底下血汗工作了將近一年，才總算領悟這番道理。

待一色將資料準備完畢，我開口向她說道：

「醜話說在前喔。我們還沒有答應要幫忙，只是先聽妳的具體計畫，再判斷可不可行而已。」

「沒問題，那樣就夠了！」

一色精神抖擻地回答，並且露出開朗的笑容。嗚嗚嗚……看到那種充滿期待的眼神，我還有辦法拒絕嗎……

我一下想不到該怎麼接話，於是雪之下代為向一色說道：

「那麼，請妳先就規格方面說明。」

「好。嗯——之前籌備聖誕節活動時，我們委託了一家印刷廠製作印刷品。我和那家廠商聯絡了，拿到很多資料喔！」

一色一邊說，一邊拿出印刷廠的簡介手冊跟報價單。沒想到她已經跟印刷廠聯絡上了，明明沒什麼規劃能力，行動力倒是挺強的嘛……

「然後，他們推薦我這個……」

一色指著手冊的其中一處。雪之下探頭瞧了瞧。

的笑容。

「全彩八頁……妳又不自量力……」

雪之下像是強忍頭痛，伸手按住太陽穴。一色則是「耶嘿嘿」地露出不好意思的笑容。

「不是啦，只是跟他們談著談著，就決定是這樣了。」

「妳到底是怎麼跟對方談的……」

見我一副無奈的樣子，一色鼓起臉頰說：

「……因為，跟大人說話的時候，不是會不自覺地回答對方『是』嗎～」

「我懂我懂～」

由比濱點頭如搗蒜，大力贊同一色的話。唉，現在的小朋友啊……我實在很擔心，她們會不會哪天被壞人騙了都不知道……

「至於印刷量，就視預算做決定吧……學校有空間能夠擺放成品，發不完的還能資源回收處理，不必擔心庫存風險。」

另一方面，雪之下完全不理會她們兩人，自顧自地看起資料，不時喃喃自語。唉，這孩子則是有著無法溝通的毛病……妳也一樣讓人擔心呢！

雪之下將手冊仔細閱讀完畢，然後交到我的手中。上頭記載著大略的製作流程。

「版面設計可以請廠商幫忙，對方也會幫我們把檔案建立好……也就是說，我們只要指示大略的設計方向，並交出落版單就行了。」

「喔——跟製作地方誌那次差不多嘛。」

簡單而言，我們只需要專心在內容上，其他瑣事可以不必顧慮。說是這樣說，文章和照片的主題還是必須好好地FIX（註26）才行。咦，我又嗅到一股菁英的味道……

「只是，這次的頁數可比地方誌那次多出七頁呢……」

雪之下的語氣帶有一股悲壯感。由比濱以開朗的口吻回答她：

「但這次還有學生會的人在，大家分工合作的話，應該趕得上吧？」

「嗯，也是。我想多少可以……」

我話說到一半，一色便把臉撇開，眉頭還皺在一起。

「…………」

「……一色同學？怎麼突然不說話了？」

雪之下面露微笑，開口向一色問道。雖然她的語氣溫柔，眼神也充滿溫暖，我卻看得不寒而慄，甚至起雞皮疙瘩。那種笑容真恐怖……

一色似乎也感受到同樣的恐怖——不，也許以「狼狽不堪」形容她的樣子更為貼切，她慌張地揮舞雙手，連忙解釋：

「啊！不、不是啦，那個……現在大家正忙著處理年度結算的事，等事情忙完就不會有問題了……」

「……也就是說，學生會的人這次沒辦法幫忙，是吧。」

註26 設計用語，意指決定、採用。

雪之下嘆了口氣，一色則是愧疚地垂下雙肩。

「好啦好啦，這也沒有辦法。人手不足的話，找朋友來幫忙就好啦……關於這一點，就……盡量努力吧！」

由比濱緊握拳頭，這麼鼓勵大家。是說，這個人口中的「盡量努力」，八成不保證最後能夠成功……

總而言之，製作成本跟工作量大致上已經清楚，能夠調動的人力也掌握住了。接下來只要再看計畫表，就能判斷這份企劃行不行得通。

我們只知道工作必須在月底前完成，因此有必要問得更詳細一點。

「具體而言，我們得在幾號之前完成？」

「快來不及了，學長你看。」

一色拿出做好的計畫表，指了指其中一處。

「就剩下的預算金額而言，正好能使用這個『早鳥優惠方案』。要使用這個方案的話，便得在二月中之前把稿件交給印刷廠。」

早鳥優惠啊。原來還有這種方案。如果預算方面不會出問題的話，我是沒什麼意見，而且截稿時間也剛好落在經費精算之前。伊呂波還滿有一套的嘛！

我試著逃避眼前的現實，但一色的話裡有個關鍵詞讓我非常在意。

嗯？二月中？我歪著頭於心裡複述一遍，一色也小聲接著往下說。

「……所以，大概只剩下……兩個禮拜左右。」

「啥？不，不可能。只給兩個禮拜的時間，絕對辦不到。」

我馬上搖著手回答一色，對面的雪之下也緩緩點頭。

「沒錯，這數字一點也不實際。假設刊載內容必須交給相關單位監修和確認，那麼林林總總加起來，還得扣掉一個禮拜的作業時間。」

「變得更短了？」

雪之下轉頭望向一臉驚愕的由比濱。

「這只是理想情況……雖然這份計畫打從一開始就談不上理想了。為了預防突發狀況，能越早處理完畢越好。」

雪之下的說明條理井然，不過她似乎也清楚，這樣的計畫根本稱不上實際。

「……當然，最大的前提是，我們答應接下這份委託。」

她於最後補上一句話，然後往我看了過來。看來她打算把決定權交給我。雖然我能預見日程規劃將會非常嚴苛，但也並非全然行不通。

一個禮拜嗎……等等喔？先假設禮拜六日休息不做事，今天又已經是禮拜……我於腦內計算詳細日數，卻發現怎麼算都算不出答案。咦～？八幡的數學有這麼差嗎～？

不，其實我腦海裡已經浮現出明確的數字，只是內心根本不願意承認罷了。

「我想請教一下，若是那樣，距離截稿期限還有幾天……？」

「我算一下……」

由比濱愣愣地看向天花板，開始扳手指算數。下一秒，她的表情扭曲起來。

雪之下以充滿悲哀的眼神看向我們。

「……不去數它還比較看得見希望。」

「當妳講出這句話時，就表示根本沒有希望了吧……」

我對一色使幾下眼色，示意她大概行不通。這下她也只能擺出沮喪的表情。

「……果然……不行嗎？」

一色發出細微的嗚咽，聲音小到幾乎要聽不見。她的眼神溼潤，嘴裡吐出微熱的氣息，捏住裙角的手也微微顫抖著。她稍稍抬起細肩，畏畏縮縮地朝我看過來。她的一舉一動都訴說著對我的殷切期望，令我不禁湧起想要幫她的念頭。

但是，我才不吃這套！因為小町的關係，我早就習慣女孩子的眼淚攻勢了！只要跟這種妹妹住在同一個屋簷下，就算不情願也會變得習以為常！換句話說，我也很常毫不猶豫就答應妹妹的要求。

「只要在剩下的時間內搞定就行了吧……」

我不自覺地用平時對待小町的方法回答一色。嗚！真是痛恨自己做為哥哥的本性！

「謝謝學長！」

一色破涕為笑，開口向我道謝。另一方面，她身旁的某個人則對我投以寒冰般的眼神，並深深地嘆了口氣。

「……你還是一樣好說話呢。」

「哈、哈哈……這也是自閉男的優點啦……雖然也能說是缺點。」

由比濱露出苦笑向雪之下說道。我正想感謝她願意幫我緩頰，沒想到她卻一樣轉過頭來，冷冷地瞪了我一眼。

呃，真的很抱歉，給大家造成困擾了……我差點就要向兩人道歉。但是追根究柢，還不是因為一色跑來說要做情報誌，才會演變成這種結果。I沒有錯，錯的都是she。

「唉呀～真是得救了。上次的那個，我可是撥了不少經費呢～」

一色方才正襟危坐的模樣早已煙消雲散，她露出滿臉笑容，喜悅之情全寫在臉上。算了，反正我早料到最後會變成這樣，就隨便她吧。

但是，麻煩妳裝可愛也堅持一點，要裝就裝到最後一刻啦！真是的，夢想跟希望果然不可能存在。（註27）

×　×　×

雖然費了好一番功夫，大概的日程規劃總算是排定了。成本管理雖然會受今後

註27　出自《食夢者瑪莉》之臺詞，其角色「瑪莉」與一色的配音員為同一人。

的進度影響，但就現階段的預算而言，應當不成問題。

然而，最重要的部分——「情報誌的內容」，卻還沒有結論。

「那麼，現在開始進行企劃會議～」

一色拉長聲音宣布後，只有由比濱「啪啪啪」地鼓掌。雖然一色率先起頭，下一秒卻轉頭望向雪之下，做出「接下來要怎麼辦？」的表情。

雪之下「嗯」的一聲，將手放在下顎。

「首先，要決定情報誌的主題。」

「用伊呂波剛剛說的當作主題就好了吧？例如介紹在地景點，或是美食等等。」

「啊，我也是這麼想的！最好能夠到處取材，把經費通通消耗掉！」

一色的話像是完全贊同由比濱的意見，但我覺得她的目的根本和由比濱不一樣……

雪之下聽完兩人意見，搖了搖頭。

「如果我們還有時間，專心在單一題材上即可。只是以現在的狀況而言，若不想些其他題材，很難湊滿八頁篇幅。」

「妳有其他感興趣的題材嗎？」

面對由比濱的提問，一色雙手抱胸，歪頭思考起來。她喃喃沉吟一陣子後，小聲回答：

「……沒有。」

聽到一色的回答，雪之下失望地垂下雙肩，由比濱則是露出無奈的笑容。算了，這也是沒辦法的事……

雪之下先就主題思考的模式，是非常按部就班的做法。製作情報誌的流程，應該是先思考想要表達的主題，再來討論之後的事。只不過，由於一色把「發行情報誌」當成主要目的，導致「情報誌的主題」變成附屬性質。

所以，現在應該考慮的並非我們對這本情報誌的期許，而是讀者會如何看待這本刊物。

「如果一開始就沒有想法，不如從目標往回推導，搞不好還比較快。」

「啊？」

一色聽不懂我想表達什麼，脖子幾乎要歪成直角，瞇起雙眼看了過來。這傢伙真的很令人生氣耶，虧我這麼認真想幫妳……

雖然一色有聽沒有懂，雪之下倒是十分清楚我的意思。

「所謂的目標，是指讀者吧？」

「沒錯。先鎖定目標讀者群，再製作他們會感興趣的內容就行了。」

「讀者群……這本情報誌到時會在校內發放，對吧？」

聽見由比濱詢問，一色點了點頭。儘管現在無從得知這本情報誌的將來，先定位為僅在校內發行的「嘗鮮版」、「創刊號」比較保險。

接著，我們需要進一步確定已經大約浮現的讀者群樣貌。

「發行時間是三月沒錯吧？到時候三年級就要畢業了，所以應該把目標鎖定在一、二年級身上。」

「視刊行時間快慢，新生也有可能成為讀者。」

「啊，感覺會有很多新生索取情報誌呢！」

「的確，新生應該會對這類型的東西感興趣。」

三人互相贊同彼此的意見。雜誌的主要讀者群至此確立。

既然已經鎖定讀者群，只要針對他們製作企劃，並且調整方向性就行了。

雪之下停下抄寫紀錄的手，回頭審視先前寫的內容，開口說道：

「若以一年級新生為對象，那麼把校園介紹當作主題，然後插入幾個介紹本地景點的專欄……這樣就差不多了吧。」

「雖然有些老套，以一本創刊號而言，確實無可非議。包裝成『新生入學宣導手冊』，應該就很像一回事了吧。」

「喔喔，聽起來真的很有一回事……」

由比濱出聲讚嘆，一色也很滿意我們得出的結論，拍手表示贊同。

「我也覺得很棒！那麼，關於校園介紹的內容呢？」

她以滿懷期待的眼神交互看向我和雪之下。然而，雪之下只是對她投以冷淡的視線，示意她自己去思考。喔喔，好嚴格啊……

面對雪之下的眼神，一色顯得有些畏縮，戰戰兢兢地回答：

「……社、社團活動的介紹，之類的……嗎？」

一色似乎不是很有自信，縮著自己的身子，雙手也於胸前緊握。

至於雪之下，她則是不發一語，投以一色「那樣真的沒問題嗎」的眼神。由比濱則是緊張地看著兩人。

社辦內陷入沉默。在山雨欲來的氣氛中，一色擠不出半句話，只能「嗚嗚嗚」地呻吟。夠了夠了！我在一旁看著都要受不了了，趕快告訴對方答案啦！

不知道雪之下是否聽見我心中的願望，她終於露出微笑。

「……嗯，不是很好嗎。」

雪之下撥開落在肩上的長髮，點頭說道。一色也鬆了一口氣。

「嗯嗯，那就決定做『社團介紹』囉。社團、社團……」

由比濱高興地點著頭，在紀錄上寫下各個社團的名稱。雪之下也探頭瞧了瞧她的紀錄。

「數量還滿多的呢，我想應該能填滿兩頁篇幅。」

「希望能夠填滿至少三頁啊。」

「八頁」聽起來好像很少，實際上卻是意外地多。站在讀者角度的時候，「八頁」聽起來像是小事一樁，一旦輪到自己製作，便發現花費時間比想像中多上許多。之前光是製作地方誌的其中一頁，就快把我們搞死了。

「嗯……挑一個社團出來，做大版面的專題報導，如何？」

「那就是網球社啦！」

「那就是足球社了！」

我與一色不約而同地大聲回答。下一秒，我跟她開始大眼瞪小眼。

「網球社才對吧，大家都搶著加入的社團耶。」

你看《網球王子》最近這麼紅，就知道網球有多熱門了。不過，一色也毫無退讓的意思。

「怎麼想都是足球社好嗎？大家想看的是足球，而且還有葉山學長在。」

一色費盡唇舌試圖說服我。嗯、嗯……如果把葉山搬出來，可就不好說了……我能想像，光是把葉山的照片放上情報誌，就能得到不少同學的歡呼……相模南應該會興高采烈地抱走好幾本吧。三浦則會趁沒人注意時偷偷拿走一本。不過，假設把葉山的照片換成戶塚，我相信大家也會很——不，這可不行。戶塚的照片只能由我獨享！

我發出「咕嗚」的呻吟，於心中天人交戰。一旁的由比濱露出困擾的表情。

「嗯……如果給予某個社團特別待遇，可能會被部分同學抱怨……」

「啊～說的也是，應該會有人抱怨。」

不愧是由比濱，她的疑慮很有道理。實際上，就算我們沒有那個意思，也不能保證所有人都不會誤會或是曲解。若要避免無謂的事端，還是一切都照規矩來吧。

不過，一色似乎不是這麼想的。她的眉頭皺成一團，嘴角誇張地下沉，樣子極為不滿。

「咦～那種人不要理會就行啦？」

喔喔，這傢伙心靈真夠堅強……不過，一色那種「不管你怎麼做，總是會有人不滿意，不如隨便他們」的處事態度，其實也是正確的。

雪之下嘆了一口氣，再次面向一色。

「不可以那麼做。這畢竟是以學生會名義發行的刊物，某種程度上還是得顧慮到所有學生……畢竟，出了什麼事的話，大家抱怨的對象可是妳。」

雪之下的措辭雖然冷冽，話語中卻帶著為一色著想的溫柔暖意。

「……是那樣沒錯啦。」

看來雪之下為一色著想的好意成功傳達給對方，一色勉為其難地點了點頭。雖然不容易察覺，雪之下還是有扮演好學姐的角色。

「對了，隼人同學也擔任社團委員會的會長。以社長代表的身分接受採訪的話，大家就不會有意見了吧？」

一色的另一位好學姐——由比濱也以明朗的語氣說道。一色立刻抬起頭，露出燦爛的笑容。

「真是個好主意！就由我負責採訪吧！」

「那麼，把一頁篇幅撥給專題報導吧。」

方針已大致確定，接下來是進一步討論具體項目。

雪之下於紀錄寫上社長的名稱、照片、評語等事項，吩咐一色到時照著上面列出的事項進行採訪。一色看著名單好一陣子，突然開口問道：

「學姐沒有列出侍奉社耶，沒關係嗎？」

聽到一色的疑問，雪之下和由比濱兩人抬起頭來，互相看向對方。不知道她們是在確認對方的意思，抑或只是不知所措，一陣沉默籠罩了整間社辦。我開口打破僵局。

「我們社團就免了吧。」

「為什麼？」

「不，妳問我為什麼，我也……」

一色歪著頭，不可思議地問道。她的眼神實在太過直率，令我一時為之語塞。我為了蒙混過關，硬是說出違心之言。

「因為，自己人採訪自己人，還寫成介紹，不是有點不好意思嗎……」

我一說完，由比濱也恍然大悟地點頭。

「嗚，的確……」

「再說，大家不知道這個社團的存在，寫了也不會有人想看。」

我繼續說下去，雪之下也將手放至下顎思考。

「我們也沒有要招募新的社員……」

「對吧？而且，盡量縮減工作量，讓編輯作業能夠盡早開始，才比較令人放心。」

雖然我嘴上這麼說，心裡其實很清楚，這些都不是真正的理由。

一切單純只是我們不知道該寫些什麼罷了。我們依然不知道，這個由三人構成的團體，應該如何稱呼，如何定義。

正當我打算另外掰個理由蒙混過去，一色的嘆息聲打斷了我的話。

「……好吧，如果是因為這樣，也沒辦法了。」

看來她接受了我的說法。一色咻地拾起桌上的紀錄，拿在手上搧啊搧地，看向雪之下和由比濱。

「那麼，關於採訪內容，這樣就行了嗎？」

「沒錯。接下來是本地景點的介紹……」

聽到雪之下的話，一色從口袋中拿出手機。

「啊，關於那個，我已經做好功課了～學姐妳看，這些是店家的照片～」

「我想看我想看！」

一色開始操作手機，由比濱立刻探頭看向螢幕。想當然，被夾在她們中間的雪之下只好又擺出奇怪的姿勢，看向一色的手機。

每當一色的手指於手機上滑動，耳邊就傳來「好可愛！」和「真不錯呢～」以及「剛剛那張照片能讓我再看一下嗎，對，那張貓咪用品的」等充滿女孩子感覺的對話。

坐在稍遠位置的我，也一邊耳聽三人熱鬧的談話，一邊發著呆，把玩自己的手機。

這時，對話毫無預警地停了下來。

我感到不對勁，轉頭看向她們。一色露出「這下糟糕啦～」的表情，由比濱和雪之下則是默默地盯著我瞧，眼神昏暗無光。

「咦，大家怎麼了嗎……」

「啊、嗯，不，那個──我、我想說這家店還真不錯，改天也去一下……」

我開口問道，由比濱便「啊哈哈」地乾笑著回答。一旁的雪之下也露出一抹微笑。

「……照片上的人看起來十分開心呢？」

這間教室怎麼突然變得好冷？天啊，超冷的！電暖爐怎麼不快點修好……

×　×　×

馬克杯放到托盤上，發出清脆聲響。

「那麼，關於店家取材，這樣應該就行了。」

「是啊～」

一色一邊回答，一邊收起手機。她已經對雪之下和由比濱說明：那張上次和我一起逛街的照片，是為了當作情報誌的素材而拍的。雖然我不知道雪之下和由比濱怎麼解讀一色的說法，至少我終於得以從兩人冰冷的視線解脫。

「那麼，這邊就由一色負責。」

由比濱在紀錄上打了個大圈。這下雜誌的內容也決定了，接下來就是工作分配。每一頁都必須有一個人負責，這點自然不必說，各種工作也需要決定由誰來做。

雪之下大致整理一遍自己的紀錄，然後念了出來：

「版面編排、日程管理、美術設計由我負責。由比濱負責各個社團的採訪和監修事宜。」

「遵命！」

雪之下對充滿幹勁的由比濱點頭，然後看向我。

「比企谷同學則是——」

「攝影，沒錯吧。」

負責拍攝社團的活動照，等於能夠合法拍攝戶塚的照片。攝影的工作就交給我吧！雖然我的幹勁十足，雪之下的回答卻是殘酷的。

「——撰文、取材、攝影、企劃、製作、校閱、聯絡、會計，以及所有雜務吧。」

也太多……而且有些工作根本是多餘的。雪之下見我擺臉色大表不滿，也反過來白我一眼。

「你有什麼不滿嗎？」

有什麼不滿？我從頭到尾都不滿啊——就在這時，由比濱伸手拍了拍雪之下的肩膀。

「好啦好啦小雪乃，店家的取材不是已經做完了嗎，不用那麼……」

在由比濱的安撫之下，雪之下先是一臉不服，然後輕聲嘆氣，撥了撥頭髮。

「……也是。那麼，比企谷同學負責撰文跟雜務就好。」

「……了解。」

我點了點頭，並偷偷在心中於右眼上比橫V手勢（註28）。文章交給我來寫，確實是比較快。若交給由比濱和一色撰稿，到時候勢必得花上一番功夫校對；至於雪之下，八成會寫出一堆生澀難懂的內容。

工作安排至此告一段落，正當我心想「差不多可以上工了吧」，一色小心翼翼地舉起手來。

「那個～我負責的工作是什麼呢～」

「當然是總編輯。」

「喔～聽起來超帥氣的。」

雪之下立刻回答，由比濱也在一旁拍手，像是在恭喜一色。製作情報誌一事是她提出來的，責任最重大的工作當然要交給她。不過，當事人似乎對自己肩負的責任毫無自覺，歪著頭詢問：

「總編輯要負責什麼呢？」

註28《PriPara》主角「真中啦啦」的招牌動作。

雪之下聽到她的問題，嘆了口氣。

「我想想……首先，麻煩妳去取得店家同意，允許我們刊登店家資訊和照片。」

「好的，我知道了！」

一色精神抖擻地回答，看來她多少還是有點幹勁。雪之下接著說道：

「另外還要確保雜誌的通路。發放地點已經決定了嗎？」

「嗯，像是學生會辦公室前面、教職員辦公室前面等等，大家都會經過的地方就可以吧？」

「那麼，場地的使用許可就麻煩妳申請了。」

「好！我會向平塚老師報告。」

「回來的時候，麻煩妳複印一份這個。」

一色接過雪之下手上的紀錄，將它抱在胸前，行了個舉手禮。

「遵命──是說，這不就是雜務嗎～？」

一色失落地垂下雙肩。唉呀，被這傢伙發現啦～

「工作整體的監督與確認、對外聯絡、最終檢查，還有適時的支援，都是妳身為總編輯的職責。」

聽完雪之下的說明，一色佩服地吐了口氣，從位子上站起來。

「那麼，我去跟平塚老師報告了～」

「麻煩妳了。」

一色經過我身旁時，順手抓住我的袖子。

「學長，走吧。」

「才不要，妳自己去……」

「有學長陪著，人家才有避雷針──說錯，人家才會有靈感啊！而且學長人又這麼可靠！」

妳這不都說出來了嗎，不改口也沒差啦……不過，誠如一色所言，我非常擅長擔任避雷針吸取仇恨值，如果我待在現場能使交涉更為順利，那就早去早回，趕快把事情解決吧。

「好，走吧。」

我將袖子從一色手中抽離，自位子上起身。這時，由比濱也跟著站起來，椅子發出一陣響聲。

「那、那我也要去！」

「唉……如果要對資料進行說明，我也一起去比較好。」

雪之下嘆了口氣，靜靜地站了起來。

「好！大家一起去吧！」

由比濱抓住雪之下和一色的手腕，朝著門口邁開步伐。看來，她們走在寒冷的走廊上，也不必擔心受寒了……

事情都交給她們吧，我只要站在一旁就好──我這麼想著，跟在三人身後離開社辦。

× × ×

我們走進教職員辦公室，尋找平塚老師的身影。

平塚老師雜亂的桌子，在辦公室內極為顯眼。她喀噠喀噠地敲打鍵盤，時而吃個幾口在外面買的蕎麥麵。這個人怎麼又在吃東西……

「平塚老師。」

「嗯？喔，是比企谷啊。大家聚在一起，怎麼了嗎？」

「我們有事想和老師商量……」

「嗯？嗯——」

平塚老師看一眼蕎麥麵，稍微想了一會兒。

「老師邊吃邊聽我們說，沒有關係。」

「真的嗎？不好意思。」

聽到雪之下這麼說，平塚老師「啊哈哈」地露出不好意思的笑容，伸手將碗公移至面前，然後把椅子一轉，側身拿起筷子。

「那麼，要商量什麼？」

平塚老師吸了一口麵，要我們繼續往下說。

「我們打算製作免費情報誌～」

「免費情報誌？」

平塚老師沒料到我們會提到這個詞，訝異地確認一次。

一色開始向平塚老師說明免費情報誌的企劃。雪之下於一旁補充說明，並將整理好的紀錄、手冊、估價單等資料交給平塚老師。

「費用已經評估完畢，不超出預算範圍，實行上沒有問題。至於內容方面，雖然還很簡略，這裡有整理好的資料，請老師過目。」

「嗯──」

平塚老師一邊吃麵，一邊興趣盎然地看著資料。她翻閱完資料後，似乎理解了企劃的大概，將頭抬起來。

「你們要做是沒問題……不過，不能用稻桿紙做謄寫版印刷就好？」

被平塚老師一問，由比濱歪起頭來。

「稻桿紙？」

「啥？謄寫版？」

一色詫異地看向平塚老師，模樣顯得不大禮貌。喂喂喂，妳的態度很差耶……若是平時，平塚老師肯定會對一色說教一番，但她今天似乎沒有這個力氣。

「是嗎，你們不知道嗎……」

平塚老師無力地喃喃自語，苦澀的笑容中帶點自嘲的味道。

「我們是知道，但是沒有看過實物……」

雪之下滿懷歉意的回答給了平塚老師最後一擊。

「我想也是……」

平塚老師回話的聲音有些顫抖。沒辦法，科技日新月異，印刷技術的進步可是很快的。話說回來，謄寫版這東西超老的耶，就算是老師，我也很懷疑她是否親眼看過……不，我可不知道老師的年齡喔？

年齡不詳的三字頭女教師縮著身子，抱起碗公。

「嗯，你們就做做看吧。」

她只說了這句話，便悲傷地再度吃起有些軟掉的蕎麥麵……

× × ×

得到平塚老師的同意後，我們終於得以正式上工。

為了完成各自分配到的工作，我打開借來的筆記型電腦，喀噠喀噠地敲打起鍵盤。

正當我打到一半，雪之下快步朝我走來，開口：

「比企谷同學，可以打擾一下嗎？」

「嗯。」

我出聲回應後，雪之下坐到斜前方，將落版單攤開。簡單來說，落版單就是記錄各頁的版面編排和負責人員的一覽表。

雪之下手持原子筆，敲了敲落版單的其中一角。

「封面那一頁要如何處理，還是個問題呢。」

「不用太認真啦，隨便弄個設計，或者放張照片就好。」

「那就採用簡潔風設計，例如照片搭配標題，再放個標誌或邊框？」

「啊──弄得像《時代》或《富比士》，讓大家覺得好像很厲害那樣？」

「嗯，設計意圖如果夠明確，看起來反而會更像一回事。」

「而且也不怎麼費功夫。」

話說到一半，我感覺有人從遠處盯著這裡。我轉頭望去，發現一色正一臉愕然地看著我們。

「我完全聽不懂你們在說什麼……」

「啊，就是啊～！我很早以前就想這麼講了！」

由比濱從桌上探出身子，大聲贊同一色的話，似乎很高興能找到跟她一樣的夥伴。她們正在製作社團簡介用的表格。那部分就交給她們處理，我得先跟雪之下討論完手邊的事。

雪之下在落版單上振筆直書，寫到一半突然停住，用筆戳了戳臉頰。

「設計方向沒有問題，剩下的就是素材了。」

「用一色的照片就好啦，她不是學生會長嗎。」

我用拇指比了比一色，她連忙用力搖晃雙手。

「咦，要拍 gravure 嗎？泳裝之類的我可不接受喔。」

「誰在跟妳說那個……而且我對妳的泳裝照沒興趣。」

她還有什麼是NG的啊……故意講出那種話，頗有清純派偶像裝矜持的感覺，只是像我這種等級的人，早就知道「清純派」、「素人」或是「魔鏡號」之類的單字都是謊言，才沒有那麼容易上當。

「……是這樣嗎。」

一色不知為何有些不悅，語氣莫名冷淡，而且雙眼半瞇，眼神十分銳利。她嘟著一張嘴，雙腕交於胸前，思考了好一陣子。接著，她像是想到什麼，露出一副奸笑，換用明亮而可愛的語調對我說道：

「那～學長對誰的泳裝照才有興趣呢？啊，結衣學姐嗎～？」

語畢，她伸手抓住由比濱。

「等、等一下！我、我不行啦！真的不行不行！」

由比濱被一色拉了過來，上半身往前斜傾。她頸部的肌膚自鬆開的領口露出，前傾姿勢也使胸部的曲線更加明顯。我的視線幾乎要被吸引過去，只得以意志力頑強抵抗。人類才不會輸給欲望！（註29）

註29《假面騎士ＯＯＯ》主角「火野映司」之臺詞。

我好不容易將視線往上移開，卻又剛好和由比濱的眼神對上。她整個人羞紅了臉，雙手緊緊抱住肩膀，像是要遮住身體。

「那、那個……泳裝什麼的，很難為情啦……我才不要讓別人看……」

由比濱從臉紅到脖子。她別開視線，支支吾吾地說道，還有意無意地投來略顯熱切的眼神。老實說，如果由比濱的泳裝照上了情報誌封面，我相信一定會有部分學生開心到不行，但那樣的情況一點也不會讓我開心。你看，本人也表示不願意了，不是嗎？

「不，我也、呃，該怎麼說……絕對不會那麼做的。」

「是、是嗎……太好了。」

由比濱似乎安下心來，放鬆緊繃著的肩膀，我也深深地嘆一口氣。

這時，我才終於回想起聊到這個話題的原因。

「話說回來，gravure 又不一定指寫真偶像，印象中那也有『照相印刷』的意思啊。」

沒錯吧？雪基百科同學？我看向雪之下，只見她正不斷地調整自己的領結。她一和我對上視線，立刻將臉別向一旁，然後「咻」地將領結拉緊。

「……」

耳邊傳來一聲輕微的嘆息。算我求求妳，不要挑這種時間點不說話……

「總之，普通的制服照就好了，結案。雪之下，封底要怎麼辦？」

我轉換話題，向雪之下問道，然而，她只是瞄過來一眼，又立刻把頭轉回去。

雖然她沒有回話，似乎還是有要聽的意思。我自顧自地繼續往下說。

「要不要放點廣告上去？像是天珠寶石速讀補習班健身器材或健康用品什麼的。」

我一邊想像材木座躺在堆滿鈔票的浴缸裡的模樣，一邊半開玩笑地說道，雪之下這時終於開口：

「現在才開始找願意接洽的廣告主，是不實際的做法。如果這本情報誌會持續發行下去，刊登廣告與否就還有討論的空間，但至少這一期是不行的。我們手邊也沒有其他素材能用，只能放些文字上去。」

我看著落版單，默默聽完雪之下的話，稍微思考了一會兒。

「那就是專欄，或是編輯後記了……這部分就交給我吧。」

「麻煩你了。」

雪之下仍舊不願正眼瞧我。她簡短回完話後，繼續處理手上的工作，原子筆畫過紙張的聲音顯得格外響亮。她仍然在意剛才那些話嗎……又沒什麼好在意的……

沒關係！妳還是有希望的——就遺傳學角度來看的話！

×　×　×

我的工作除了撰稿之外，還有自願負責的攝影，因此採訪各個社團時，我也必須跟在一旁。由於時間所剩不多，大家分成兩組人馬，同時進行採訪——一組是我和一色，另一組則是由比濱和雪之下。就溝通能力和學力平均來看，這樣的分組頗為合理。我與一色負責男生社團，由比濱與雪之下則是以女生社團為主。

我們的第一個採訪對象，當然是……網球社！

由於由比濱已先幫忙約好時間，我跟一色只需直接前往寒風刺骨的網球場即可。

「接發球動作太慢了，再加把勁！」

網球社的社長——戶塚可愛的聲音響徹整片球場。他一手扠腰，另一隻手將球拍靠在肩上，不停地激勵學弟妹。看來他社長已經做得有模有樣。

我們走到球場邊，戶塚注意到我們，馬上揮著手小跑步過來。

「八幡！還有一色同學，兩位好。」

「學長好~今天就萬事拜託了。」

「不好意思，你這麼忙還來打擾。」

一色深深鞠躬，我也單掌豎於面前，向對方打招呼。

「不會，一點也不麻煩！那個，是要拍照吧？隨時都可以喔。」

戶塚輕輕搖頭，舉起雙手畫了個大圈，將整個網球場包進去，然後轉過頭對我們笑了笑。嗯，這是已經準備妥當的意思吧！

「那麼，我們就馬上……」

張開雙臂的戶塚實在太可愛了，先照一張再說。我舉起相機，按下快門。戶塚呆愣住的模樣也好可愛，再按一次快門。稍微歪著頭的模樣也可愛到不行，再按一次快門。一臉不可思議的戶塚也好可愛——正當我再度舉起相機時，戶塚語帶疑惑地問道：

「呃……不是要照練習的樣子嗎？」

「那個也要照，不過先照社長。」

我語氣極為堅定，光明正大地回答。戶塚大概被我的魄力震懾住，一時不知如何是好。

「這、這樣啊……有點害羞呢……嗯……」

戶塚似乎不大習慣上鏡頭，兩手稍微遮住羞紅的臉頰，顯得有些煩惱。他看了一眼網球場後，小聲說道：

「但是，新生也有可能因為看到這篇採訪，而決定加入社團，對吧……」

「沒錯，新生會把這篇採訪當成參考喔。」

由比濱和戶塚約時間時，已經向對方傳達過免費情報誌的用意。對各個社團而言，這可是絕佳的宣傳機會。戶塚聽完我的話，像是下定決心，把頭抬了起來。

「我、我會加油……」

然後，他在胸前輕輕握拳，集中精神。

「這樣啊……好，加油吧。」

雖然能夠說服戶塚是件好事，我卻覺得自己像是在用花言巧語騙他拍照。這股罪惡感是怎麼回事……不，等等。這不是罪惡感……應該稱作悖德感！唔喔——就某方面而言，我反而幹勁都來了！

「ＯＫ，那我會使出全力拚命照喔。」

「好！」

聽見戶塚精神抖擻的回答，我舉起手中的相機。

「這次把球拍拿起來看看吧。」

「嗯，好。」

我以低角度拍攝戶塚揮舞球拍的姿勢，近距離拍攝戶塚跨步移動時充滿躍動感的模樣，失去平衡而小跳步的戶塚，也被我納入觀景窗之中。快門機會來了！（註30）

盡情拍完戶塚活動的模樣後，攝影進入下一個階段。

「接下來，捧著球拍看看。」

「嗯……嗯？」

戶塚歪著頭，將球拍緊緊抱在胸前。我不停按下快門，左拍右拍，甚至連全景模式也用上了。接著，我請戶塚披上毛巾看看。不錯喔～就是這樣，姿勢可以更大膽一點——我越拍越起勁，一旁的一色終於露出受不了的表情。

「學長，已經很夠了吧……」

「是嗎？好吧，好像也是。」

註30 動畫《戀曲寫真》主角「前田一也」的臺詞。

「嗯。」

一色點了點頭。好吧，她說的也有道理。

「的確，拿著球拍的照片已經夠了。ＯＫ，接下來是沒拿球拍的。」

「啊？」

我把呆愣住的一色丟著不管，透過觀景窗捕捉戶塚，思考接下來的攝影計畫。

「戶塚，可以拜託你一下嗎？」

「……嗯。」

戶塚大概是累了，回話顯得有些無精打采。我家的貓被我玩弄太久時，同樣會擺出那種疲憊不堪的表情。也就是說，戶塚就像我家的貓一樣可愛啦！

戶塚聽從我的指示，將球拍放在腳邊，然後坐到地上，雙手抱膝。我從正面跟斜前方各拍了幾張。接著，我請他擺出各式各樣的姿勢，並且分成看向鏡頭以及不看鏡頭的版本。看向鏡頭的部分，我也請他分別做出笑容和略顯陰鬱的兩種表情。

「八、八幡……還沒拍完嗎？」

戶塚僵著一臉笑容，聲音斷斷續續地向我問道。

「這、這個嘛……」

戶塚也有點累了，該怎麼辦呢……我想著想著，突然靈光一閃。

「先休息一下吧。」

「待會還要繼續啊……」

戶塚的肩膀垂了下來。嗯，看他那麼疲憊的樣子，我做出休息的決定果然是正確的。我為了做好後半戰的準備，拿起相機，檢查起剛才拍的相片。這時，我注意到一件嚴重的事。

「一色。」

我開口呼喚於遠方望著的一色。對方似乎懶得理我，獨自跑到一旁涼快去，現在才滿臉不耐煩地走過來。

「怎樣～？」

「妳有備用的記憶卡嗎？這張的容量用完了。」

「學長到底照了多少張啊……」

「我已經把一些多餘的都刪掉了……」

一色聽到我的話，深深地嘆一口氣，然後抓住我的外套袖子，轉頭就走。

「那樣就夠了！戶塚學長，今天非常感謝您。」

「啊，嗯。我才要說謝謝呢，真的。」

坐在地上的戶塚抬起頭來，笑著回答一色。

我真的很想把那副笑容拍下來，無奈一色拉著我的袖子，讓我連舉起相機的機會都沒有。我只能默默地於心中按下快門，將戶塚的微笑刻在自己心裡。

×　×　×

我被一色抓住袖子牽著走，前去拜訪足球社。

網球場隔壁的操場正是他們的練習場地，兩者之間距離不是很遠。附帶一提，我對足球社也不是很有興趣。

我只想隨便照個兩三張相片就走人，不過一色當然不允許我這麼做。

「嗯～差不多在那邊，請以葉山學長為中心。啊，就是現在！」

一色在身旁拚命拍打我的肩膀，指示我何時該按快門。每照完一張相片，她就要把相機拿去檢查一次。

「我看一下……這張戶部學長稍微入鏡了，我刪掉囉。」

一色刪完相片，又把相機塞過來。拜託，讓戶部入個鏡又不會怎麼樣……反正大家根本不會注意到他的存在啊？

我們就這樣照了又刪、刪了又照，遲遲沒有進展。

「是說，差不多可以了吧，容量也快沒了……」

「容量快沒了，是誰的錯啊？」

一色鼓起臉頰，斜眼往我瞪了過來。我也無法否認就是……結果，我們就這樣一直拍到足球社的練習賽結束。

比賽總算結束，場上的葉山往這裡走過來。

「葉山學長～！」

一色揮舞著手大聲喊道，葉山也稍微舉手回應。

「結衣跟我說過了，你們正在做免費情報誌吧？還是老樣子呢，只要是別人拜託的事，就什麼都做。」

葉山臉上的笑容明亮爽朗，語氣卻帶著一絲無奈的味道。

「我說過了，我們社團活動就是這樣，而且我也不想被一個特意中斷練習來接受採訪的人這麼說。不好意思打擾到你啊。」

「你表示謝意的方式還真奇怪。」

葉山笑著聳了聳肩，轉頭望向中庭。

「很冷吧？我們去那邊處理採訪的事，怎麼樣？」

「啊，也好～」

中庭的穿堂部分被整座校舍包圍著，在那便不必忍受寒風吹拂。販賣機的旁邊正好有張外觀樸素的長椅，笑嘻嘻的一色一馬當先跑過去，坐上長椅，伸手拍拍旁邊的空位，招手示意我們過去。有夠裝可愛……

我叫葉山先過去，自己繞去自動販賣機買了黑咖啡跟紅茶，然後拋著燙呼呼的飲料罐，走到葉山面前。

「只要隨便說些聽起來像一回事的話就好了。這種事你很擅長吧。」

我一邊說著，一邊把罐裝咖啡丟給葉山。他驚訝地接下，端詳手上的咖啡好一陣子，接著輕輕吐了口氣，半打趣地苦笑道：

「那句話是在損我嗎？」

「我是在誇你。怎樣都好啦，總之拜託你了。」

「……嗯，我會盡量努力，不辜負你的期待。」

葉山回答後，輕輕笑了笑，稍微對我舉手示意，轉身面向一色。

「那麼，要開始採訪囉～」

一色拿出智慧型手機，將語音備忘錄開啟。我把紅茶放在一色的身旁後，自己退後兩步，舉起手中的相機。觀景窗之中的是一如既往、大家所熟知的那個葉山隼人，然而跟方才面露苦笑的葉山相比，卻似乎有著些許不同。

× × ×

葉山的採訪和攝影結束後，我們又繞了幾個地方，把分配到的社團跑完。反正也拍到葉山做出菁英受訪最愛用的捏陶手勢了，手上的相片就質和量而言應當堪用。負責採訪女生社團的由比濱和雪之下，應該也在逐一消化分配到的社團。這樣的話，就剩下一色伊呂波的封面照還沒完成。

根據一色的希望，我們於圖書館進行拍攝。

自中庭繞回校舍門口，換上室內鞋，經過教職員辦公室後，我們來到了圖書館。

距離放學已經好一陣子，圖書館內幾乎沒有其他人，只有一股靜謐的氛圍。

「為什麼妳要在圖書館照……」

一色在館內繞了起來，尋找適合的攝影場所。我對著她的背影開口問道，她轉身朝我看來。

「圖書館不是給人一種知性的感覺嗎？」

「妳這番話一點也不知性……」

「又沒關係，這是形象問題。」

一色將臉撇開，繼續走動，沒幾步路便停下來觀察。走走停停一陣子後，她終於找到理想的位置，於一張背對著書架的桌前坐下。接著，她拿出隨身鏡，興沖沖地整理起儀容。

書架像是要守護面前的女孩般聳立，架上深色系的書背成為一色的背景，更加突顯出她如花朵般可人的樣貌。也許是顧慮到閱讀時的舒適度，時間雖已逼近黃昏，館內依舊燈火通明，令一色白皙的肌膚染上一絲略帶暖意的顏色。

雖然我只是個外行人而不甚了解，但我依然能感覺到，眼前的一色姿態令人目不轉睛，有如一幅活生生的畫。她很清楚該怎麼做，才有辦法呈現出自己最有魅力的一面。

「那，我就這樣照個幾張囉。」

一色聽到我的話，不直接回答我，而是默默擺出托著腮幫子的姿勢。

她對我投以誘惑的眼神，雙眼微微上揚，溼潤的瞳孔與修長的睫毛深深吸引住我的視線；略帶自信的笑容未脫稚氣，淡紅色的嘴唇柔軟而美豔，散發出成熟的感覺。

我已經將鏡頭對準她，卻忘記要按下快門。一陣咳嗽聲於耳邊響起，使我回過神來。

我連忙按了幾次快門，接著確認拍下的畫面，然後為了轉移焦點，掩飾自己方才的恍神，向一色說道：

「妳很習慣面對鏡頭呢……」

一色正盯著鏡子瞧，思考下一個姿勢。她聽到我的話，對鏡子歪了歪頭。

「會嗎？拍照不是常有的事？」

「沒有常常吧。」

只有在旅行或是舉辦活動等特別時刻，人們才會為了回憶或紀念而拍照。至少，我是在這樣的環境下長大的。

然而，一色的觀念跟我天差地遠。她將隨身鏡闔上，看過來一眼。雖然我沒有將相機對著她，她還是露出淡淡的微笑。

「回憶是很重要的東西喲。」

對一色伊呂波而言，這是天經地義的道理。

她的意思是，「日常」與「非日常」之間沒有區分的必要，就算是毫無變化的日常風景，也是一段段值得擁抱與珍愛的紀錄。

「……也是呢。」

簡短回答後，我再度拿起相機。那麼，接下來的照片，會成為「日常」的回憶，還是「非日常」的紀錄呢──我一邊於心裡思考，一邊按下快門。

× × ×

自正式上工以來經過數日，我們已大致蒐集好所有需要的素材。社團介紹和景點介紹正在全力趕工，採訪記事差不多完成，版面設計同樣順利地進行中。整本情報誌正一頁一頁完成。

那些情報誌的內文部分，只要再加上一些細部解說，調整一下標題，便差不多告一段落。社長的採訪紀錄，也已經大致修飾成文章體。

一切都非常順利。理當非常順利。

社團活動介紹、在地景點介紹、採訪內容，以及將一色語翻譯成正常語言的作業，全部處理完畢了。採訪時拍的相片，也已經請各社團確認過了。就連一色想要後製封面照片的要求，我都成功打發掉了。

但是，為什麼，我的撰稿作業還沒有結束？

「為何會變成這樣……」

因為我太認真了？的確，我從頭到尾都認真十足。不只是自己的撰文工作，我還跑去幫忙雪之下，甚至代替由比濱去催遊戲社的稿。

至今為止，我可是每天都全心全意在工作上。搞不好這正是原因所在……因為太過忙碌，反而把其他該作的工作給忘了。

距離截稿日只剩兩天！專欄卻連一個字都還沒寫。

正當我抱頭苦惱時，一旁的一色從寶特瓶倒了點茶給我。

「請用茶。那麼，學長請加油囉。」

一色說完後，將寶特瓶放回桌子下方的迷你冰箱，坐回斜前方的另一張桌子。

不同以往的茶、桌子、椅子。甚至連教室都不是同一間。

我現在被監禁於學生會辦公室內，身旁還有專人監視，逼我把專欄生出來。一色考量到社辦的電暖爐還沒修好，便「提供」這間學生會辦公室做為監禁場所。

我往窗外望了一眼，時間已是夕陽時分。由於平時當作手錶用的手機遭人沒收，我連想要確認現在是幾點幾分都不行。我目光掃過辦公室內一圈，發現桌上的座鐘正指著殘酷的數字。

由於截稿日就是明天，自放學後馬上被帶進學生會辦公室以來，我從未踏出這裡半步。

唔喔喔喔喔，太糟了……寫不出任何東西……完全看不見能夠準時交稿的未來……

就算我使勁敲打鍵盤，企圖硬擠出兩三段文章，打到一半就因為不滿意而整段刪掉。這樣的事不停重複上演了好幾次。糟糕，糟糕囉，真的要來不及啦——！

我趴在桌上死命掙扎，一色則是一臉嫌棄地看著。她搖了搖頭，表情像是不小心看見不該看的東西。就在這時，她突然察覺到什麼，把手伸進外套口袋裡翻找。

「學長，你的電話。」

她掏出我的手機遞過來。

不過，在截稿前夕打來的電話，絕對不會有什麼好事。說到底，如果催一催就能把東西生出來，那動畫就不需要做總集篇，發售日也不會因為作者而延期了。

所以，這種時候打來的電話就是要確認來電對象並放置呀，不然要幹麼？

「……對方是誰？編輯？」

一色聽到我的話，無奈地嘆了口氣。

「居然還問是不是編輯打來的，我看學長真的是被逼急了……讓我看一下……螢幕上顯示『媽』，應該是母親打來的吧。」

「……編輯的、母親？居然動員全家監視我……」

「才不是，為什麼會變成那樣？大概是學長的母親啦。」

「這樣啊，我待會再打回去就好了，放著沒關係。」

「唉，是嗎？」

一色簡短回答，把我的手機放回口袋，開始翻閱起像是結算資料的文件，不時拿起印章在上面蓋印。

她在一旁辦起正事，也讓我覺得再不工作不行……我只好再度敲打起鍵盤。

就這樣經過了一段時間。

終於來到離校時間，窗外已是一片昏暗。不知不覺間，一色似乎將手上的所有工作都處理完畢，蓋章的聲音也停了下來。我稍微望向一色，發現她正對著手機大眼瞪小眼。

我今天工作到這裡就行了吧……反正還有明天。只要明天比今天多認真一點，還是能順利做完吧……

這般想法一浮現於腦海，我的集中力便立刻中斷。

「不行，今天真的寫不出東西了。一旦焦急起來，寫出來的東西就通通不能看。我看只能先轉換心情，回家睡個覺再說了。」

我大聲做出宣言，一色眼神離開手機，抬頭往我看來。她露出「真拿你沒辦法」的溫柔表情，輕聲嘆了口氣。

「唉。也不是不行啦～」

「對啊～稍微來不及也沒關係嘛～」

這該稱為「作者的愉悅感」（註31）嗎？截稿日帶來的過度壓力、連續工作造成的

註31　來自專門術語「跑者的愉悅感（runner's high）」，人類進行有氧運動超過三十分鐘，腦下垂體會開始分泌安多芬，進而產生愉悅感。

疲勞，加上逃避現實所產生的謎樣亢奮情緒，令我不禁「啊哈哈」地笑了出來。

下一秒，一色的臉色沉了下來。

「……咦，來不及嗎？」

「沒、沒有啦，還不知道……」

實際上，這只是個數千字左右的專欄，今天明天稍微認真一下，感覺也不是辦不到。只是考量到今天花上好幾個小時，也只能弄出幾百字的情況，要弄完應該還是有困難。

我打算向一色解釋，不過在開口之前，一色已經抱起自己的頭。

「這下麻煩了……咦──『還不知道』？情況果然不大妙吧？」

趴在桌上小聲嗚噎的一色緩緩看了過來，眼角似乎泛著淚光。她喃喃自語「經費～早鳥～額外費用～預算超支～收支結算～」不停顫抖著身子。

看到她的反應，我終於理解是怎麼一回事。一色估計的預算金額，是建立在我們能趕上早鳥方案的前提上，而且已經寫在結算報告書內。

當然，報告書的內容應該是能夠修改的。

然而，說到底，一切都是某位姓比企谷名八幡的傢伙，認為兩三下就能解決而自信滿滿地答應替專欄撰文，還說什麼「馬上就能寫好啦放一百個心」並拖延至今所造成的結果。人果然不能太自傲……

「……嗯，是不大妙……嗯。我、我再努力一下好了。」

「真、真的嗎？拜託學長了……」

眼眶泛溼的一色抬頭往我看來。在我眼前的一色，不再是以往那副刻意裝出的樣貌，而是露出比起平時更為稚氣的，面具之下的面容。都讓我看到她的這副模樣了，我也只能硬著頭皮上啦……

絕對不能打破的截稿日，就在眼前。

× × ×

老實說，我已經不行了。對不起，我不該說這種話嚇人，可是我是說真的。

幾個小時後會響起一陣極為普通的鐘聲。

那將是宣告截稿時間的鐘聲。

到時會有一位胸部超級小的編輯過來這裡，請自己多加小心。

她來了之後，會有一段平靜的時間，之後我的滅亡便會降臨。（註32）

我將腦袋放空，逕自胡思亂想起那樣的場景。

絕對不能打破的截稿日已經把我搞得精疲力竭。隔天放學後，我依然借了學生會辦公室，把自己關在裡面繼續工作。

註32　出自《最終兵器少女》女主角「千瀨」寫給男主角「修次」的最後一封信，曾在twitter上掀起一股改編風潮。

昨天答應完一色之後，我又打起精神努力了一陣子，但是因為體力已經有如風中蟾蜍，最後仍決定打道回府。回到家我又繼續寫了一些，上課時也用手機稍微擠了點東西出來，但是依然看不見終點。

就這樣，我一個人坐在學生會辦公室裡，仰望窗外逐漸西沉的斜陽。想當然耳，撰稿作業依舊毫無進展。

慘了慘了……我坐在電腦前卻打不出半個字，只能拚命發抖。這時，有人敲了敲辦公室的大門。

「嗨囉，稿子寫得如何了？」

由比濱一邊說道，一邊走了進來。看樣子她是來確認進度的。

「……保、保守估計的話，大約七成吧。」

「是喔，很快嘛！」

「……沒完成的部分。」

聽到我小聲補上一句，由比濱立刻發出「噫——」的哀號聲。（註33）看著自己如此狼狽，我也快要哀號出來啦……

由比濱見我一副垂頭喪氣的模樣，走過來拍了拍我的肩膀。

「加油吧！沒問題的，趕得上！我也在這裡陪你一起工作！」

就眼前的情況來說，我只能把它解讀成「我要在你旁邊好好監視你」……

註33 出自遊戲《艦隊收藏》角色「比睿」的口頭禪，其配音員與由比濱為同一人。

平常我會拒絕一切處於他人監視之下的工作，但今天的情況不一樣。要是無法維持緊繃感，我很可能乾脆撒手不管。當然，如果這是打工的話，我早就雙手一攤蹺班去了，但是一色和由比濱兩人都監視著我的一舉一動，我沒有辦法說不幹就不幹。我也是有身為男子漢的志氣啦……

我重新打起精神，繼續面對寫到一半的稿子。我將游標移至文章最後編輯的位置，使勁擠出數行文字後，一股絕望感又朝我襲來。每當我看見文章的空白處，都令我再度回想起現實：與執筆時間相比，產出的文字量實在太少了。

一天才完成不到百分之二十。要在剩餘時間內把剩下的百分之八十完成，就物理學來說是不可能的，如果真的趕上了，宇宙的法則肯定會亂掉！（註34）

嗚啊……我的心靈承受不住現實的打擊。這時，耳邊傳來一陣與我的敲鍵聲截然不同的聲響。我朝聲音方向看過去，原來是由比濱一手拿紅色原子筆，另一手敲打著計算機。

「……妳在做什麼？」

我開口問道，由比濱將紅筆夾在耳後，轉頭朝我看來。

「嗯？那個，我正在計算總共花了多少錢。因為這份統計看起來有點隨便。」

「一色的確不是個會認真記帳的人……」

「啊，也是呢……沒關係，這部分我跟小雪乃會確實做好！」

註34　出自遊戲《太空戰士V》最後魔王施放絕招時的訊息。

由比濱苦笑著說道，那笑容有種大姐姐的感覺。她也是用自己的方法在照顧身為學妹的一色呢。

問題在於，那個可愛的學妹只會把麻煩事帶進社辦。說起來，那傢伙第一次拜訪侍奉社時，可真把我們整慘了……

不過，工作也許就是這麼一回事。

有一個人扯了個漫天大謊，然後把謊言變成現實，藉由這件事帶給大家許多工作。社會上把這個扯謊的人稱為「製作人」。就這個比喻來看，一色是頗有製作人的特質。那麼，就這次的委託而言，雪之下就是導演，由比濱則是助理導演。至於我的話，不僅這次，從以前開始就只能當在最下層接案過活的魯蛇社畜。

我決定認分當個基層員工，再次面向電腦。然而，我只是不停打打刪刪，絲毫沒有半點進展。

到了最後，我眺望窗外晚霞，或是望著座鐘的時間，反而比盯著電腦螢幕的時間還要長。

隨著時間經過，我的精神也逐漸被逼上絕路，再加上長時間坐在電腦前的疲勞，我不自覺地深深嘆了口氣。

「你還好吧？」

由比濱大概是聽到嘆息聲，起身來到我的身旁，一臉擔心地探頭望向我。

她的臉如此接近，彷彿伸手可觸，吐息聲也聽得一清二楚。我不小心和她對上視線，不由得裝出活動脖子和肩膀的模樣，順勢將臉別向一邊。

「就進度來說，應該不是很好……」

我為了轉移焦點而碎碎念個幾句。這時，一股重量突然壓上雙肩。

「如果真的來不及，就到時候再說吧。」

我回頭一望，看見由比濱纖秀的手正放在自己的肩上，細長的手指緊緊握著外套袖口。

「我也會一起道歉，一色應該能夠理解的。畢竟這件事從一開始就很亂來了。」

「要說的話，確實是有些亂來。」

我一邊說著，一邊扭動身體，企圖與由比濱拉開距離，但她沒有移開雙手，而是輕輕拍了拍我的肩膀。

「自閉男又沒有錯。就算在這裡放手不管，也沒有人能怪你。而且，這又不是非做不可的事。」

由比濱的一番話讓我有些意外。因為，侍奉社至今為止接下的任何委託，由比濱從未以消極的態度面對過。

我不禁回頭看向由比濱，發現她的臉上浮現柔弱的微笑。

「會讓你這麼辛苦的事……我不太喜歡。」

「妳啊，那種說法有點狡猾。」

我不禁脫口而出這句話，發出的聲音卻是溫柔到連自己都一清二楚。我大概是沒力氣了吧。若是被人一邊敲打著肩膀，一邊以那樣柔和的語氣在耳邊說話，無論是誰，肩頭都會整個鬆軟下來。

同一時間，我也感覺到力量湧出。

我還沒有達觀到一位出色的女孩子對自己說了那樣的話，便放下已經扛起的一切。溫柔甜美的話語越是加諸於身，越是不能依賴它。因此，就算是再愚蠢的事情，再不合理的要求，我也不能輕言放棄。

「狡猾、嗎……」

由比濱停下敲打肩膀的雙手，緩緩地往下滑。

「啊，不、我不是那個意思啦。」

用「狡猾」形容願意為自己擔憂的人，似乎有些不恰當。我轉過椅子，整個人面向由比濱，慌張地思考該怎麼解釋比較恰當，她卻不等我開口，用力點頭說道：

「……嗯！也許我真的很狡猾！」

由比濱像是想通了什麼，開朗地笑著說道。我一下搞不懂她的回答是什麼意思，為了盡量不讓她誤會而緩緩開口：

「那不是我要表達的意思，那個，狡猾是指好的方面……」

然後，由比濱輕輕搖頭，打斷我說到一半的話。

「我大概真的很狡猾吧……每次都沒有好好阻止你，又沒辦法好好幫忙。而且……還有很多很多。」

也許是邊想邊說的關係，她講起話來有些支支吾吾。然而，那確實是發自內心的真實話語。說不定，她也有想要掩飾的情感，如同她轉過頭，以害羞的笑容掩飾真正想說的話。

即便如此，由比濱依然打算將那份情感傳達出去。她筆直地看向我。

「所以啊……下次碰上這種事情時，我一定會好好面對的。」

她面帶真摯，緩緩吐出的一字一句，同時帶著空泛的曖昧，以及真實的感覺。總有一天，大家都會認真面對——說得正確些，是必須認真面對。雖然我不知道，到底該怎麼做才算是「認真面對」。相信無論是誰，都在模模糊糊地思考這件事。

當然，我也不例外。所以，還是先把眼前的事好好做完吧。我轉回椅子，繼續面對電腦。

「不是妳的錯。一直以來都是我擅自胡搞造成的結果。妳不出手阻止並沒有錯。真要說是誰錯了的話，那就是隨便答應事情的傢伙錯了吧？所以，那個……我會想辦法搞定的。」

「……這樣啊。那，加油囉！」

由比濱以活潑的聲音說完，用力推了我的背一下。

×　×　×

討厭討厭！我要回家！我不管了！撰稿審校都不管了！我再也受不了被截稿日追趕、被關禁閉寫作的日子了！工作和撰稿什麼的，全部不幹了！（註35）

我「嗚哇——」地大聲慘叫，整個人趴到桌上。現在學生會辦公室裡只有我一個人，愛怎麼鬼吼鬼叫都行。

我將半成品交給由比濱列印，並請她拿去雪之下那裡後，集中力便完全中斷。唉，總算是拚死拚活撐完八成進度。雖然也多虧由比濱幫我打氣，我認為自己已經非常努力了。

然而，我卻一直不知道剩下的兩成要寫什麼，只是一直癱在椅背上，盯著天花板瞧。唉——靈感怎麼還不快來——我想要趕快永久擺脫掉這份工作啊——

我認為集中力並不是持續性，而是瞬發性的東西。因此，光是熬夜一兩天，並不會使工作進度明顯進展。平時排好計畫，一步一腳印才是最重要的。但是，到了截稿日前夕才注意到這種事，可以說是一點意義也沒有。考試前夕也是一樣呢，真的。

我耗盡所有電力，只能望著天花板發呆。此時，外面有人敲了敲學生會辦公室的大門。我沒有半點力氣回應，只是轉頭看向門口，對方便不等我開口，逕自走了

註35　出自遊戲《熱情傳奇》角色「艾莉夏」的臺詞。

進來。

「寫完了嗎？」

肩上背著書包的雪之下對我問道。

「……寫完的話早就告訴妳了。」

「說得也是。」

雪之下似乎理解了我的意思，她走過來，從書包裡拿出有著紅筆批改痕跡的資料。

「剛剛從你那拿到的草稿。這裡，文章只打到一半，後半段不見了。」

「喔、喔。」

我接過資料，大致看過一遍，發現除了漏打的文章以外，還有幾處錯誤。我著手修正這些錯誤時，身旁的人並沒有要離開的跡象。

「……還有事嗎？」

「啊，嗯……也不是什麼重要的事。」

雪之下顯得有些狼狽，兩手放到身後，往後退了一步，拉出隔壁座位的椅子，就這麼坐下來。她在書包裡翻找了一陣子後，拿出資料夾放到桌上，開始做起事來。

看來雪之下打算在這邊做事，順便監視我有沒有認真工作。她來到這裡，就表示日程已經非常吃緊，再也沒有緩衝的餘地。

不必雪之下施加壓力，我也很清楚截稿日已迫在眉睫。

我對照資料修正完錯誤後，將畫面捲動至下方，繼續剩下的兩成內容。只剩幾百字就能完成。

單純寫出幾百字的內容，把篇幅填滿，對我而言輕而易舉。

然而，要是這篇專欄的品質太過糟糕，到時候必須承受批判的人，可是身為總編輯的一色。當初也是我答應幫忙的，我不能坐視這樣的事發生。

因此，我還是只能想辦法提升文章的品質。不過，就算我真的交出品質低劣的文章，也會在身為編輯的雪之下和總編的一色那裡被擋下，然後收到重寫的指示吧。若是如此，倒不如一開始就認真寫比較省事。

我使出最後的力氣，拚命敲打鍵盤。螢幕下方的時鐘一分一分地跳動，文章的空白處也一行一行地被填滿。

最後，我的手完全停了下來，不再移動。接著，我不自覺地吐出虛弱的聲音。

「……完了。」

「真的？寫完了？」

雪之下聽到我的聲音，一臉高興地準備起身。我舉起手示意她坐回座位，然後上半身往前傾，整個人趴到桌上。

「一切都完了。不行了，死定了。完全沒有靈感……一個字也擠不出來了……」

「原來是這個意思……」

雪之下無奈地嘆一口氣，重新坐回椅子上。

「那可麻煩了。我們幾乎沒有時間了喔？」

「我清楚得很……」

我當然對這個事實再清楚不過。但是，我的腦袋就是不聽使喚，完全動不起來。這也沒辦法，誰教我的腦袋原本就欠缺勞動意欲。我已經寫出不任何一個字，如同已經扭乾的毛巾，無論怎麼使勁，也無法擠出任何一滴水。

我整個人靠上椅背，抬頭仰望天花板。萬事休矣……

放在鍵盤上的手動也不動，但我也沒有把手移開的意思。這姿勢像極了昆蟲的屍體。沒錯，我就是隻沒用的蟲子……連個截稿日也無法遵守的蟲子。從明天開始，我就改叫昆蟲八幡，然後把大家的卡片全部丟進海裡吧……（註36）

正當我望著天花板發愣，雪之下突然從視野的一角冒出。她低頭看著我，神色顯得有些忐忑。

「……這個給你。」

雪之下一邊說著，一邊將以手帕包著的某樣東西放上我的胸口。

我抬起頭，拿起手帕做成的包袱，一股微溫隨即傳至掌心。我將有著可愛貓腳印花紋的手帕拆開，發現裡面放著一罐MAX咖啡。看樣子，她在保溫上花了點心思。

註36　出自《遊戲王》角色「昆蟲羽蛾」，初次登場時曾欺騙遊戲，將他的黑暗大法師怪獸卡丟進海裡。

我的臉上不禁浮現微笑。

「先轉換一下心情。光是一直看著螢幕，事情也沒辦法解決。稍微休息一下比較好。」

雪之下別開臉頰，再度坐上椅子，繼續做到一半的工作。

「謝啦……」

我心懷感激地收下這份慰勞品，拉開拉環，一邊小口喝著MAX咖啡，一邊看著雪之下的側臉發呆。

雪之下不發一語，默默地批改著，辦公室內只聽得見紅筆畫過紙張的聲音。過了一陣子，我注意到一件事──批改聲的次數多到有些異常。

「……對不起，原來那麼糟啊。」

「咦？」

雪之下聽到我的聲音，轉頭看了過來，又低頭看了看手邊的紙張。她似乎理解了我的意思，以紅筆按住自己的上脣，開口說道：

「……嗯。不過，只是些錯字跟漏字，沒有太過嚴重的問題。而且，要說錯字跟漏字的話，另外兩個人還比你多。」

雪之下輕笑一聲，半開玩笑地說道。她的模樣比起平時更添一股稚氣，讓人感覺到她確實是個高中生。

「沒啦，看妳不停拿紅筆畫來畫去，我有一點不安。」

「你忘記標註假名，我幫忙補上而已。校稿只是順便做的。」

「抱歉，還麻煩到妳。」

我只是不經意地答上一句，雪之下卻停下手邊的工作，將紅筆放到桌上，雙肩垂了下來，看似有些沮喪。

「……我才要跟你道歉。我應該好好確認工作進度的。就算是你也會犯錯——我明明非常清楚這點。」

「啊，不，那只是因為我的估算太過天真罷了。話說回來，那是什麼高超的諷刺技巧？」

雪之下聽了，臉上浮現微笑，輕輕搖了搖頭。

「你說得是沒錯……但那也表示，我的估算同樣太過天真。」

她果然是在諷刺我……

不管如何，我們兩人確實都做了錯誤的估算。對於自己或是彼此的事，我們仍然稱不上理解。那就像是窗外的黃昏景色，難以辨清是晝或夜。分辨出來的那一刹那，天空的顏色又早已變化。

「結果，我才是最一事無成的人。」

雪之下眺望著晚霞，喃喃自語道。

「妳已經做很多事了。我和由比濱都不擅長規劃日程，進度也安排得亂七八糟。一色雖然擅長畫大餅和喬事情，卻也不是個按照計畫行事的人……」

我也望著窗外的景色回答道。就算是相同的晚霞，映在我與雪之下眼中的顏色，想必也截然不同吧。她所看見的顏色，究竟是紅色、粉紅、緋色、朱色、暗紅、抑或是橙色呢——其實，無論是什麼顏色，我都不會在意。

「所以……妳真的幫了我很大的忙。」

我收起視線，看回辦公室。

黃昏的斜陽照入辦公室，撒下一片火紅。坐在隔壁的雪之下低著頭，使我無法窺見她臉上的表情。然而，她自黑髮之間露出的耳朵和後頸，同樣染上了一片朱紅。

「……若是那樣就好。」

雪之下嘆一口氣，像是沒有自信，又有些鬧彆扭地小聲說道。

下一秒，她抬起頭來，撥開落在肩上的長髮，以一如既往的凜然語氣開口：

「我調整一下之後的計畫，爭取一些時間。」

「啊，喔……咦，妳有辦法爭取到時間？」

我雖然開口詢問，雪之下卻不做回答，而是拿起手機，開始打電話。

「……由比濱同學？我要改變計畫。如果沒辦法準時交稿，就以假文章補足原稿長度，然後送交印刷廠，等廠方確認時，再用修正的方式把原稿完成。以上。可以拜託妳知會一色同學嗎……嗯，麻煩妳了。」

雪之下掛掉電話後，轉過頭來，以眼神詢問我是否聽清楚剛剛的話。

「……可以嗎？」

「這只是無法準時交稿時的緊急措施。雖然請印刷廠修正需要額外花費，估價時已經考量過萬一的情況，所以沒有問題。只是這麼做的話，便沒辦法校最終稿，這是我比較擔心的一點……若真的發生錯誤，那也是沒辦法的事了。」

雪之下微笑著說道。她為了預防萬一，已經做好緩衝，準備了最後的手段。真是的，老是說別人太天真，到底是誰比較天真（註37）呢。

我不否認自己在待人處事上有些天真。但是，我也同樣愛唱反調（註38），若被人如此溫柔對待，我就忍不住想衝撞回去。

我將剩下的M罐一口飲盡，用力放回桌上。鋁罐與鋁製的書桌相撞，發出清脆的聲響。

「我會寫完。」

我說完後，轉身再次面向電腦。

「……是嗎？那麼，加油。」

她的話語雖然簡短，還是清楚地傳入我的耳裡。

× × ×

註37 此處為雙關語，原文「甘い」除了「天真」以外，另有「對人溫柔」之意。

註38 此處為諧音雙關，天真的原文「甘ちゃん」與唱反調的原文「天邪鬼」同樣以「AMA」開頭。

不知道是休息產生的功效，還是MAX咖啡的糖分成功到達大腦，我的雙手未曾停歇，頁面的空白也一行一行地被填滿。

我毫不理會桌上的時鐘，只是不停地寫作。回過神來，才發現由比濱和一色也來到這間辦公室。

三位女生肩並肩坐在我的斜前方，默默地盯著這裡，等待我交稿的那一刻。

說是這樣說，我還是繼續一字一句地累積，直到打下最後的句點。不過，就算我已經按下Enter鍵，手卻沒有馬上離開鍵盤。我再三閱讀文章，確認整體品質優良無虞後，大功告成的實感這才湧上心頭。

「這次是真的寫完了……」

我頓時失去力氣，整個人倒上椅背，任由兩隻手臂往下垂落。我「呼啊——」地舒了一口氣，雪之下馬上走過來，坐上我旁邊的位子。

「我可以看嗎？」

「……好。」

我將筆記型電腦推過去，雪之下隨即開始檢查，由比濱和一色也緊張地看著她。相形之下，我倒是沒有什麼緊張的感覺。因為我已經自由了！截稿日？那是什麼，好吃嗎？呼哈哈！我自由了！（註39）我忍住想要大叫的情緒，靜待雪之下讀完

註39　漫畫《幕張》最後一集的副標題。

整份原稿。

過了一段時間，雪之下從螢幕前抬起頭。

「……沒有問題。一色同學，麻煩妳確認一次。」

「好、好的！」

一色也緊接著進行最後審校。不過，既然雪之下都說沒有問題，應該就真的沒有問題了。我的工作正式結束。哎呀～截稿日不存在的世界真是太棒了！（註40）

我沉醉於成功擺脫工作的解放感，此時由比濱和雪之下過來和我搭話。

「自閉男，辛苦了。」

「……辛苦了。」

「啊～大家辛苦了。不好意思啊，拖了這麼久。」

老實說，由於解脫感太過舒暢，我差點就要產生「這是我憑一己之力達成」的想法。然而，要是沒有她們在一旁監視，我恐怕早就中途落跑了。

若是如此，那麼甚至可以說，拜監視者之賜，我才能夠體驗到這股強烈的愉悅感。

……換句話說，編輯和截稿日就好比毒品，這絕對要嚴格管制。珍惜生命，遠離截稿。

註40　結合《下流梗不存在的灰暗世界》標題與《蘿球社！》主角的臺詞「小學生真是太棒了」。

「我確認完畢了。沒有問題。」

一色闔上筆記型電腦的上蓋，雪之下也點了點頭。

「順利趕上截稿期限了，我們去社辦喝紅茶吧。」

「慶功宴，對吧！」

「好耶！」

由比濱和一色也開心地回話。然而，雪之下卻對一色投以冷淡的視線。

「妳還要負責最後檢查一次所有內容，並且讓平塚老師看過。這是總編輯的工作。」

「咦——」

雪之下看著一臉不滿的一色，眉頭開始抽動。由比濱注意到氣氛不太對勁，趕緊幫忙打圓場。

「好啦好啦，我們還會待上一陣子，妳忙完再過來就行了。」

「嗚……我知道了，我會兩三下就把事情解決，立刻過去的。」

話才說完，一色馬上握起紅筆開始校稿，雙眼瞪得有如銅鈴大。我們看了她一眼，便離開學生會辦公室。

通往社辦的走廊上，雪之下稍微嘆了口氣。

「……一色同學，一開始就拿出那種幹勁不就得了……」

「伊呂波有那份心的話，還是做得到的嘛。」

「有些人就是不見棺材不掉淚呢～」

我接在由比濱後苦笑道。雪之下聽了，露出惡作劇般的笑容，朝我看了過來：

「唉呀，這句話是在說誰呢？」

「普遍而言啦。」

× × ×

侍奉社的電暖爐終於在昨天修好，社辦一改前幾天的冷颼颼，變得一片暖洋洋。

雖然學生會辦公室不會讓我感到不舒服，待在自己的社辦還是最為自在。與其說是受到心情影響，不如說這是一種類似動物的地盤本能。要是在同一個地方待了接近一整年，就算是貓和狗，也會把該處視為自己的地盤。就這點而言，我也不例外。

因為這幾天處理情報誌搞到焦頭爛額，原本應是習以為常的空間，似乎變得有點雜亂。

雪之下準備紅茶的時候，我和由比濱著手整理社辦。

我們將紙張集中起來，把垃圾清理乾淨，整理告一段落後，我坐上椅子喘口氣時，由比濱突然「啊」地叫了一聲。我轉頭過去，看見她拿著採訪社團時使用的相機。

「我們來拍照吧，侍奉社的照片！」

由比濱話才說完，雪之下便皺起她的眉頭。由比濱見狀，對著雪之下歪頭，以肢體動作詢問對方的意見。雪之下搖了搖頭，由比濱又把頭歪向另外一邊。

我看著兩人用表情爭論不休到一半，社辦大門突然「喀啦」一聲開啟。

「我隨便弄一弄交差了！」

一色一邊說著，一邊走進社辦。「隨便弄一弄」這種話就免了……一色看見拿著相機的由比濱，驚訝地「喔」了一聲。

「啊，原來學生會的相機在這邊。你們還要用嗎？」

「她好像要拍侍奉社的照片。」

雪之下開口回答，彷彿這件事和自己無關。妳好歹也是社團的一分子吧……等等，妳根本就是社長啊？

「那，我幫大家拍吧？」

「伊呂波也一起過來拍嘛。」

「好啊，待會兒我也一起入鏡！在那之前，先幫侍奉社的各位拍一張。」

一色滿臉笑容地謝絕由比濱的好意，把手伸出去。她大概是為了我們著想吧。

由比濱似乎也理解一色的用意，將相機交給對方。

「這樣嗎？謝謝。那就拜託妳了！待會兒再一起拍吧！」

「那個，我可沒說過要一起拍照……」

「小雪乃，妳也太不乾脆了吧。」

被由比濱以嚴厲的口吻一說，雪之下頓時語塞，接不上話。反正雪之下最後一定會答應她的要求，就算一開始裝出不情願的樣子，結果也不會改變。就這點而言，我也不例外。

不過，我想起那臺相機有一個問題。

「……怎樣都好啦，不過記憶卡的容量已經滿了喔。」

「啊，對喔。誰教學長拍那麼多網球社的相片～」

「你啊，到底是拍了什麼，能用掉那麼多容量……」

雪之下一臉無奈地說道，由比濱則是思考了一會兒，然後用力點頭。

「網球社……小彩嗎……那就沒辦法了。」

「結衣學姐居然能接受？」

我終於被她放棄了嗎……不，搞不好是她終於認同我了喔……正當我這麼想著，一色敲了一下掌心，將手伸進外套的口袋裡。

「相機沒有容量的話，可以用這支手機拍嗎？」

她從口袋拿出我的手機。這麼說來，我今天也把手機交給她了呢。

「啊～也好，還有容量的話是沒差。」

「那我就用這支拍囉。」

一色對我眨了眨眼，然後舉起手機。這大概也是出自一色的某種體貼吧，老實說，我真的不懂這傢伙究竟在想什麼……

「那麼，學長就這樣坐著，結衣學姊跟雪之下學姊站在學長的後面。」

「好～！」

「那、那個……唉……」

一色俐落地下達指示，由比濱隨即握起雪之下的手。雪之下終於放棄抵抗，跟著由比濱站到我的身後……我的身後？

「……咦？等等？構圖會不會有點奇怪？這不是跟七五三節（註41）的全家福紀念照沒兩樣了？不能稍微離遠一點嗎？」

而且——好近！太近了！只是照相的話我還沒問題，可是靠得太近我會緊張，拜託不要。

我移動椅子，企圖拉開距離，肩膀卻突然被一股力量按住。我抬頭一瞧，看見雪之下的臉上浮現冰冷的微笑。

「比企谷同學，你也太不乾脆了吧。」

「那明明是在說妳……」

「伊呂波，可以了——」

由比濱也按住我的另一側肩膀，開口向一色說道。

註41　日本傳統節慶，為每年十一月十五日，是一般家庭到神社裡參拜、祈福，紀念家中孩童成長的日子。

「那麼，要拍囉～一、二、三～」

閃光燈接連亮了好幾次，快門聲也跟著響起。嗚呼，我的表情絕對很奇怪……鐵定變成七五三全家福照了……

正當我感到厭煩，一色跑到我的身邊，將手機還給我。

「學長，還你……很不錯的照片喔。」

一色說完，對我露出略顯成熟的笑容。我不會問她那句話的意思。反正，那絕對只是字面上的意思，不會有任何其他意圖。

「自閉男，照片記得傳給我喔。啊，伊呂波，一起照一張嘛！」

「好～！那就麻煩學長拍照了。」

一色輕拍我的肩膀，然後跑到由比濱和雪之下的身邊。

「我就不用了……」

「不行。大家一起照嘛！」

「位置要怎麼站呢？」

三人討論著該怎麼擺姿勢時，我看了一眼自己的手機。螢幕上顯示著剛剛的侍奉社三人照。

……的確是拍得不錯。也沒有七五三全家福的感覺。

而且，這張相片清楚描繪出，先前我們不知道該如何用文字描述的侍奉社定位，以及我們之間的關係。所以，的確是拍得不錯。

現在的我依然不清楚，這個由三人組成的團體，應該如何稱呼、如何定義。正因為無法將其化為言語，我們才能彼此分享。這張相片把一旦化為言語，便很可能產生分歧的思念塑造成形，將我們聯繫在一起。

「自閉男，快點拍呀～」

「……瞭解。」

我自位子上起身，拿起手機，將鏡頭對準她們。

由比濱的臉上是一如既往的活潑笑容。

一色則是擺出她最上鏡的模樣。

雪之下被身旁的兩人環抱，顯得有些困擾，又有些難為情，雙頰染上一抹羞紅。

眼前這番平淡無奇的日常景色，究竟還能夠持續多久？

總有一天，當我們到了會對這張相片產生懷舊之情的年紀時，會有什麼樣的痛楚，伴隨著回憶傾洩而出？

我一邊於心裡思考，一邊按下快門。

4 於是，比企谷家的夜色漸深

深冬的夜風拍打著窗戶，客廳的玻璃窗咯噔咯噔地作響。我自暖被桌起身，望向窗外。夜色已深，只有街燈的點點光明漂浮在漆黑中。

父母似乎在公司的結算上碰到一些問題，今天會比較晚回家。家裡只有我跟小町，而她最近連跟我面對面聊天的時間都沒有了。距離考試的日子已所剩無幾，她今天應該也一樣關在房裡用功念書吧。

不知道小町獨自待在房間，是否空虛、寂寞、覺得冷……我往小町房間的方向望去，沒聽見什麼聲音。時間也不早了，她大概已經睡了吧。

我也差不多該準備就寢，但實在抵抗不了暖被桌的舒適，整個人又倒回去順便翻個身，結果不小心踹到家裡的愛貓——小雪。牠從暖被桌裡爬出來，略為不滿地瞪了我一眼。對、對不起啦……

我在心中向小雪道歉，牠用鼻子哼了哼，開始用舌頭梳理自己的毛。理完毛之後，牠立起耳朵，朝門口看了過去。

門「喀嚓」一聲打開，穿著我的舊運動衫的小町慢吞吞地走了進來。

「怎麼了，妳還沒睡嗎？」

「我好像不小心睡著了，現在精神超好的……」

小町睜著一雙洋娃娃般的大眼，朝我望了過來。啊～的確。人總是喜歡回到家後倒在沙發上或鑽進暖被桌裡，一不小心便睡著，搞到晚上失眠。有時候，小睡一下可以帶來不錯的效果。但現在可是關鍵時期，在考試前夕做這種事，很有可能把生理時鐘打亂。

「睡不著也要睡。不然妳明天會很辛苦。」

「嗯，現在肚子有點餓，吃過東西就去睡。」

小町扭了扭肩膀，往廚房移動。

「嗚啊……」

廚房那頭傳來小町困惑的聲音。我扭動身體坐起，朝廚房望了過去，看見小町僵在冰箱前動也不動。

……啊，糟了。這麼說來，母親前幾天才拜託我買東西。那時她突然打電話過來，害我以為發生了什麼事。我當時正忙著做情報誌，結果把這件事忘得一乾二淨。畢竟只要料理自己的食物的話，我都是三兩下就打發掉，所以現在冰箱裡應該沒剩多少能吃的……小町兩眼盯著冰箱，不停發出呻吟。對不起啊，哥哥忘記去買東西了……不行，再這樣下去，小町會因為我而餓肚子的！

「……沒辦法，我弄點東西給妳吃吧。」

我拍了一下小町的肩膀。

「咦……沒關係啦。」

小町轉過頭來，對我拚命搖頭。

「不用客氣啦。」

「真的沒關係。應該說，拜託哥哥住手。小町可不想吃壞肚子。」

小町揮了幾下手，喋喋不休地快速說道。這傢伙居然一臉正經地對我說這種話……不過，如果我真的弄了點什麼，她還是會吃吧。真是溫柔的孩子！但是，說話口氣要注意一下！

「反正我也有點餓了，想弄點東西吃。妳的份是順便的。」

我輕輕推了一下小町的背，站到流理臺前。小町不情願地點點頭。

「既然哥哥都這麼說了……」

她雖然嘴巴上這麼說，卻似乎還是放不下心，一直在我翻找壁櫥和冰箱時跟在後面，像是在監視我。

我從冰箱裡翻出雞蛋、牛奶、竹輪，從壁櫥裡挖出袋裝泡麵和牛肉罐頭。這些應該就夠了吧。我將所有材料擺上流理臺，這時，小町從我的背後探出頭來。

「這麼晚了，吃這些東西會胖的……」

「別擔心別擔心小町怎麼樣都可愛都可愛。」

「嗚哇~這人還真是隨便。」

在小町發著牢騷的時候，我將水倒進鍋裡，並把火打開。水只要裝七分滿就行了，這是重點。等待水煮開的同時，我準備做道牛肉炒竹輪。

小町來到我的身旁，一樣一樣端詳流理臺上的食材。

「……哥哥，你最近晚餐該不會都是這種感覺吧？」

「沒啊，老媽有煮的時候就吃老媽煮的。今天只是因為忘記買東西，才會變成這樣。」

「完全沒有蔬菜……」

「男人的食譜裡是不存在營養兩個字的。而且牛已經吃過蔬菜，所以不用擔心。」

「牛飼料大多是穀類喔……真拿哥哥沒辦法……」

小町打開壁櫥，拚命踮起腳尖，把手伸進壁櫥裡。

「海苔的話倒是有。然後，把裙帶菜泡開……再開個玉米罐頭吧。」

「喔喔，感覺挺豐盛呢……」

我看著小町遊刃有餘地準備材料，一邊打從心底感到佩服，一邊將手伸向盒裝牛奶。小町注意到我的舉動，一把抓住我的手，表情看起來有些嚴肅。

「哥哥，那個牛奶是什麼？總覺得好恐怖，拜託哥哥住手。」

「妳不知道嗎？加一點牛奶進去，就會變成豚骨風味喔。」

我一邊說，一邊將牛奶咕嘟咕嘟地倒入鍋內。小町瞬間慘叫起來。

「明明叫你住手了——！」

「沒問題啦，那叫什麼，濃郁感？就是要有股濃郁感才好吃啦。」

我把啜泣的小町晾在一旁，繼續做到一半的料理。在鍋子裡打顆蛋煮熟後，跟麵一同撈起，放到碗公內，再把炒過的牛肉和竹輪放到上面。接著，只要再加點裙帶菜、海苔和玉米……完成！

我推著眉頭皺成一團的小町，來到暖被桌前。然後，我把兩個碗公放到她的面前，並把筷子和湯匙交給她。

「好了，快吃吧。」

小町戰戰兢兢地拿起筷子吃了一口，僵著的臉馬上放鬆。

「……啊，意外地好吃。」

她小聲咕噥後，對著麵跟湯呼呼吹氣，小口小口吃了起來。小町的反應出乎意料地不錯，我鬆了口氣，也跟著吃起來。

因為兩個人都怕燙，吃的速度並不快。我悠哉地享用碗內美食，此時小町像是想起什麼，喃喃自語道：

「哥哥的烹飪技術跟以前差不多呢……有點懷念的感覺。」

小町低頭望著碗公，臉上露出溫柔的微笑。

小町還是小學低年級生的時候，有時父母比較晚回來，我們就會像今天這樣，兩人一起下廚，一起吃飯。那時的我也只會做像今天這種沒營養的男人料理，但就算如此，小町也從來不曾抱……不，她好像抱怨得滿凶的。就算如此，小町也總是把飯吃得一乾二淨。那是一段令我有些懷念，又有些難為情的回憶。

「沒禮貌。比那時好吃太多了好不好。現在的泡麵可是進化過許多次囉。」

「的確。哥哥倒是一點也沒進化呢！」

小町伶牙俐齒地回了我一句，又笑嘻嘻地說下去。

「但是啊，哥哥還是再努力點，能夠做出更像樣些的料理比較好喔。」

「也是，要成為家庭主夫的話，這點非常重要。」

「嗯。雖然哥哥應該當不上，不過小町要說的是，例如上大學或開始工作之後，總有一天得離開家裡吧？那時候哥哥就得自己做飯了！」

「不，我從沒想過要離開這個家……」

我剛說完，小町馬上以冰冷的眼神瞪過來。

「給我離開。」

「喔、喔……」

咦，小町討厭哥哥嗎——我也以眼神詢問小町，她清了清喉嚨，別開眼神，紅著一張臉，用撒嬌的聲音說道：

「沒關係，如果哥哥再怎麼努力也做不出像樣的料理，小町可以偶爾過去當哥哥的煮飯小天使……啊，這句話讓小町加了不少分數喔！」

「以『把哥哥從家裡趕出去』為前提，又扣了不少分數回去囉……」

我們就這樣聊著無關緊要的話題，把泡麵宵夜給吃完了。

「感謝招待。」

小町畢恭畢敬地點頭答謝，滿足地嘆口氣，然後躺了下來。

「粗茶淡飯，招待不周。好啦，趕快回房間睡覺。」

我怕小町就這麼在暖被桌裡睡著，對著她說道。小町原本只是「嗯」或是「喔」地隨口應個幾聲，卻突然像是想起什麼，從暖被桌裡起身。

「小町還想吃點甜的！」

「妳要我怎麼生給妳。」

我能給予小町的，只有自己美男子般的臉龐，甜美的話語，還有天真到不行的思考模式。（註42）這些東西當然無法令小町滿意，她使勁站了起來。

「那，去一趟便利商店好了。」

「這麼晚了，女孩子不可以一個人出門。」

「不是一個人就沒問題啦～」

小町把手伸了過來。唉，好吧，我也很久沒有認真當個好哥哥了。

註42　此處原文皆為「甘い」，為「甜」的意思。

× × ×

今晚的星空十分燦爛。夜風猛烈地吹著，空氣冷冽而澄澈。天上的月亮與繁星、地上的街燈，以及櫛比鱗次的家戶燈火，照亮整條夜晚的街道。

前往便利商店的路途中，只有我們兩個人。靜寂的街道上響起了小町的聲音。

「哇～好冷好冷！超～冷～的～」

「真的，有夠冷……」

兩人因為室內與室外的溫差而不停打哆嗦，這時小町用力地擠過來，抓住我的手。

「……嗯。這樣就暖和了，而且也幫小町加了不少分數。」

她一邊說道，一邊抬頭看向我。

因為這樣很難走路，也有點難為情，還被她順勢賺走小町分數，我將手往上舉，企圖抽開被她摟住的臂膀。這時，小町低頭喃喃自語。

「距離考試已經沒多少時間了……考完試之後畢業……然後就上高中了呢。」

小町的臉上已見不著方才的亢奮，她用鬱悶的眼神眺望點亮漆黑的盞盞街燈。

看見她不安的表情，我不自覺地停下舉到半空中的手。

「小町。」

「嗯，哥哥，怎麼了嗎？」

小町抬起頭來。我敲了一下她的腦袋瓜，然後摸了摸她的頭。

「我在高中等妳。」

「……嗯。」

也許是被我的手壓著的關係，小町的臉低了下去。不過，她的回答聲音雖然細小，卻充滿著力量。

夜晚的街道寧靜得有些恐怖，漆黑到看不清腳邊的路，陣陣寒風更是刺骨。我無從得知，漫長的冬夜何時才能迎來破曉。即便如此，時間仍確實地一點一滴向前推進。就算是一片漆黑的夜空，抬頭仰望，春天的星座總會再現光耀。

如同四季交替，人與人之間的羈絆也會持續流轉。那間教室內，是否會迎來新的同學？剩下不到一年，我也將離開那間社辦。

冬天來臨，春天的腳步也就不遠。這片夜空終將不復見。

那麼，現在就暫且與身旁的溫暖——

一起仰望這片星空，向前踏出腳步吧。

後記

各位晚安，我是渡航。

冬天即將結束，嶄新的季節又將到來，不知各位讀者過得如何呢？我仍是老樣子，除了工作還是工作。

自從我開始工作以來，每到年末都一定會上演所有行程撞成一團的戲碼，實在非常辛苦。今年也不例外，我依然度過了一段於工作中求生存的日子。一切全是年度結算和編輯不好，都是 they 的錯啦（憤怒）。

然而，也許正因生活如此繁忙，日子過起來才有實感，每一天都顯得充實有意義吧……還能抱持著如此想法的我，做為一名社畜可說是及格了！讚！

「日常」一詞常被拿來形容毫無變化，平凡而缺乏起伏的日子。然而，就算沒有發生什麼大事件，只是一日復一日的平凡生活，其中也一定充滿著喜怒哀樂，以及許許多多的內心糾葛。舉例而言，就算日常被工作填滿，人的感情也一定會有起有落，時而冒出諸如「我要揍飛那傢伙」、「我要痛扁這傢伙」或「剛才痛扁了那個傢伙，好爽」的想法。一日社畜，終身社畜。

於這樣的「日常」之中，他的想法為何，她又感受到了什麼？當他們訴說記憶中的那些「日常」時，又會浮現什麼樣的表情呢？

如此這般，《果然我的青春戀愛喜劇搞錯了。》第十點五集在此結束。

以下是謝辭。

ponkan⑧神，是伊呂波耶～本集由一色擔任封面角色，可說是保證不含人工添加物伊呂波100%的一集呢！真是太棒了！非常謝謝您。

責編星野大人，唉～呀，下次一定沒問題的啦！哇哈哈——說出這句話的渡航已經死了，已經不在了。（註43）下次我一定會好好做，絕對不會再騙您了！真的很感謝您。哇哈哈！

跨媒體平臺的所有工作人員，這次依舊承蒙照顧，感激不盡。TV動畫等事務給各位添了諸多麻煩，我在此致上深深歉意，今後也請務必多多指教。

各位讀者，每次都讓期待新一集發售的大家等待這麼久，真的很不好意思。本篇的寫作正順利進行，希望大家能以溫暖的眼神守護。此外，TV動畫二期將於四月開播，還請大家繼續支持包含漫畫等跨媒體平臺作品的《果青》。

那麼，篇幅也用得差不多，這次請容我在這裡放下筆桿。我們《果然我的青春戀愛喜劇搞錯了。》十一集再見！

二月某日，用熬夜最佳良伴——MAX咖啡滋養補身　渡航

註43　出自《天元突破紅蓮螺巖》主角「西蒙」之臺詞。

浮文字

果然我的青春戀愛喜劇搞錯了。10．5

（原名：やはり俺の青春ラブコメはまちがっている。10．5）

著者／渡航
封面插畫／ponkan⑧
譯者／盧威辰
內文審校／涂祐庭
執行長／陳君平
榮譽發行人／黃鎮隆
協理／洪琇菁
國際版權／黃令歡、梁名儀
執行編輯／呂尚燁
美術編輯／李政儀
內文排版／謝青秀
企劃宣傳／洪國瑋
出版／城邦文化事業股份有限公司　尖端出版
台北市中山區民生東路二段一四一號十樓
電話：（〇二）二五〇〇—七六〇〇
傳真：（〇二）二五〇〇—二六八三
E-mail：7novels@mail2.spp.com.tw
發行／英屬蓋曼群島商家庭傳媒股份有限公司城邦分公司　尖端出版
台北市中山區民生東路二段一四一號十樓
電話：（〇二）二五〇〇—七六〇〇（代表號）
傳真：（〇二）二五〇〇—一九七九
中彰投以北經銷（含宜花東）／楨彥有限公司
電話：（〇二）八九一九—三三六九
傳真：（〇二）八九一四—五五二四
雲嘉經銷／智豐圖書股份有限公司　嘉義公司
電話：（〇五）二三三—三八五二
傳真：（〇五）二三三—三八六三
南部經銷／智豐圖書股份有限公司　高雄公司
電話：（〇七）三七三—〇〇七九
傳真：（〇七）三七三—〇〇八七
一代匯集／香港九龍旺角塘尾道六十四號龍駒企業大廈十樓B&D室
電話：（八五二）二七八三—八一〇二
傳真：（八五二）二七八二—一五二九
馬新經銷／城邦（馬新）出版集團Cite (M) Sdn. Bhd.
E-mail：cite@cite.com.my
法律顧問／王子文律師　元禾法律事務所
台北市羅斯福路三段三十七號十五樓
二〇一五年八月一版一刷
二〇二二年十月一版十二刷

郵購注意事項：
1. 填妥劃撥單資料：帳號：50003021戶名：英屬蓋曼群島商家庭傳媒(股)公司城邦分公司。2. 通信欄內註明訂購書名與冊數。3. 劃撥金額低於500元，請加附掛號郵資50元。如劃撥日起 10～14日，仍未收到書時，請洽劃撥組。劃撥專線TEL：(03) 312-4212 ・ FAX：(03) 322-4621。E-mail：marketing@spp.com.tw

國家圖書館出版品預行編目資料

果然我的青春戀愛喜劇搞錯了。10.5 / 渡航作；
盧威辰譯. — 初版. — 臺北市：尖端，2015.08
面；　公分
譯自：やはり俺の青春ラブコメはまちがっている。10.5
ISBN 978-957-10-6052-1(平裝)

861.57　　　　　　　　　　104008516